HISTOIRE ET POÉSIE

PAR

A. DE LAMARTINE

PREMIÈRE PARTIE.

LA LITTÉRATURE PENDANT LA RESTAURATION.

I

Cette époque était un réveil de l'esprit humain.

Le dix-huitième siècle avait été interrompu dans ses pensées, dans ses œuvres et dans ses arts, par une catastrophe qui avait dispersé ses philosophes, ses poëtes, ses orateurs et ses écrivains. L'émigration, la terreur, l'échafaud, avaient décimé l'intelligence. Condorcet et Chamfort s'étaient donné la mort; André Chénier et Roucher étaient tombés sous la hache; Mirabeau était mort de fatigue à la révolution et peut-être d'angoisse devant les perspectives qui ne pouvaient échapper à son génie; Vergniaud avait disparu dans la tempête, heureux d'échapper au spectacle du crime par le martyre de l'éloquence auquel il aspirait; Delille s'était enfui loin de sa patrie et avait chanté pour les exilés en Pologne et en Angleterre; l'abbé Raynal avait vieilli dans le repentir et dans le découragement de ses espérances; Parny avait travesti ses amours en cynisme et s'était mis aux gages des publicains. La philosophie et la littérature en France, à la fin du règne de Napoléon, avaient été condamnées au silence ou disciplinées et alignées comme des bataillons soldés sous le sabre. La nature s'était épuisée d'hommes au commencement du siècle pour préparer et accomplir la révolution. La révolution accomplie, la pensée qui l'avait faite semblait avoir eu effroi d'elle-même en voyant qu'elle serait anéantie elle-même par son enfantement.

Bonaparte, qui aspirait à la tyrannie et qui haïssait la pensée, parce qu'elle est la liberté de l'âme, avait profité de cet épuisement et de cette lassitude de l'esprit humain pour museler ou pour énerver toute littérature : il n'avait favorisé que les sciences mathématiques, parce que les chiffres mesurent, comptent et ne pensent pas. Il n'honorait des facultés humaines que celles dont il pouvait se faire de dociles instruments. Les géomètres étaient ses hommes, les écrivains le faisaient trembler : c'était le siècle du compas. Il tolérait seulement cette littérature légère et futile qui distrait le peuple et qui encense la tyrannie. Il aurait fait bâillonner par sa police toute voix dont l'accent mâle aurait ébranlé une des cordes graves du cœur humain. Il permettait les rimes qui assourdissent l'oreille, mais la poésie qui exalte l'âme, non. Le jeune *Nodier* ayant écrit dans les montagnes du Jura une ode qui respirait trop haut pour la servilité du temps, le poète fut obligé de se proscrire lui-même devant la proscription qui l'épiait.

II

Il fallait que la tyrannie de Napoléon fût bien âpre pour que le retour de l'ancien régime parût rendre la liberté et le souffle à l'âme. Il en fut ainsi cependant. A peine l'Empire était-il renversé, que l'on recommença à penser, à écrire et à chanter en France. Les Bourbons, contemporains de notre littérature, se firent gloire de la ramener avec eux. Le régime constitutionnel rendait la parole à deux tribunes. Malgré quelques lois préventives ou répressives, la liberté de la presse rendit la respiration aux lettres. Tout ce qui se taisait reprit la voix; les esprits humiliés de compression, la société affamée d'idées, la jeunesse impatiente de gloire intellectuelle, se vengeaient du long silence par une éclosion soudaine et presque continue de philosophie, d'histoire, de poésie, de polémique, de mémoires, de drames, d'œuvres d'art et d'imagination. Le siècle de François Ier eut plus d'originalité, le siècle de Louis XIV eut plus de gloire; ni l'un ni l'autre n'eurent plus d'enthousiasme et de mouvement que ces premières années de la Restauration. La servitude avait tout accumulé pendant vingt ans dans les âmes. Elles étaient pleines, elles débordaient. L'histoire leur doit ses pages. Ces pages ne sont pas seulement les annales des guerres ou des cours, elles sont surtout les annales de l'esprit humain.

III

De grands esprits s'étaient mûris pendant ces années d'oppression; ils réapparaissaient dans leur liberté et dans leur éclat. Madame de Staël et M. de Chateaubriand se partageaient depuis vingt ans l'admiration de l'Europe et la persécution de Napoléon.

Madame de Staël, fille de M. Necker, génie précoce, nourri dans le salon de son père de la lecture et de la conversation des orateurs, des philosophes et des poëtes du dix-huitième siècle, avait respiré la révolution dans son berceau. Fille de l'Helvétie transplantée dans les cours, son âme et son style participaient de cette double origine. Elle était républicaine d'imagination, aristocrate de mœurs. Il y avait en elle du Rousseau et du Mirabeau : rêveuse comme l'un, oratoire comme l'autre. Son véritable parti en politique était le parti girondin. Plus grande de talent, plus généreuse d'âme que madame Roland, c'était un grand homme avec les passions d'une femme. Mais ces passions, tendres et fortes, donnaient à son talent les qualités de son âme, l'accent, la chaleur et l'héroïsme du sentiment. Napoléon l'avait jugée plus dangereuse que la Fayette à sa tyrannie. Il l'avait exilée loin de Paris. Cet ostracisme avait fait de sa maison, sur les bords du lac de Genève, le dernier foyer de la liberté. Les écrits de madame de Staël, tantôt poétiques, tantôt politiques, quoique proscrits ou mutilés par la police, avaient toujours laissé transpirer en France et en Europe, pendant le règne de l'Empire, les flammes du cœur, les enthousiasmes de l'esprit, les aspirations de la liberté, la sainte haine de l'abrutissement et de la servitude. Cette femme avait été la dernière des Romaines sous ce César qui n'osait pas la frapper et qui n'avait pu l'avilir. Des amis fidèles et généreux, en hommes et en femmes, lui étaient restés : Mathieu de Montmorency, madame Récamier, les philosophes allemands, les poëtes de l'Italie, les hommes d'État libéraux de l'Angleterre. Pendant les dernières années du règne où la chute accélérée rendait Napoléon plus implacable, madame de Staël avait fui jusqu'au fond du Nord. Elle soufflait l'insurrection des cœurs et des peuples contre l'oppresseur de l'esprit humain. A sa chute elle reparut à Paris, triomphante sur les ruines de son ennemi; le monde armé l'avait vengée sans le vouloir. Elle voulait, elle, que cette victoire des nations contre la conquête fût aussi la victoire de la liberté contre le despotisme. Mûrie par les années et par l'expérience des choses humaines, elle avait perdu l'âpreté de ces idées républicaines qui avaient fanatisé sa jeunesse en 1791 et 1792. Elle avait de bienveillants souvenirs pour les Bourbons. Elle espérait bien d'une restauration éprouvée comme elle par l'échafaud et par l'exil, et qui réconcilierait autour du trône les libertés représentatives avec les traditions du sentiment national. Son salon, à Paris, était une des forces de la Restauration; son éloquence convertissait les vieux républicains, les jeunes libéraux, les âmes flottantes, à un régime constitutionnel imité de l'Angleterre, qui rendrait l'indépendance aux opinions, la tribune aux orateurs, le gouvernement à l'intelligence. Louis XVIII, par l'élévation de son esprit, par ses goûts littéraires, par la grâce de ses admirations pour elle, la consolait des dédains et des brutalités de Napoléon; il traitait madame de Staël en alliée à sa couronne, parce qu'elle représentait l'esprit européen.

IV

Elle était heureuse alors par le cœur autant que glorieuse par le génie. Elle avait deux enfants : un fils, qui ne révélait pas l'éclat de sa mère, mais qui promettait toutes les qualités solides et modestes du patriote et de l'homme de bien; une fille, mariée depuis au duc de Broglie, qui ressemblait à la plus belle et à la plus grave pensée de sa mère, incarnée sous une forme angélique pour élever le regard au ciel et pour figurer la sainteté dans la beauté. A peine encore au milieu de la vie, jeune de cette jeunesse renaissante qui renouvelle l'imagination, cette sève de l'amour, madame de Staël venait d'épouser la dernière idole de son sentiment; elle était aimée et elle aimait. Ses *Considérations sur la révolution*, qu'elle avait vue de si près, un récit personnel et passionné de ses dix années d'exil, enfin un livre sur le génie de l'Allemagne, dans lequel elle avait versé et comme filtré goutte à goutte toutes les sources de son âme, de son imagination et de sa religion, venaient de paraître à la fois et faisaient l'entretien de l'Europe. Son style, dans le livre de l'Allemagne surtout, sans rien perdre de sa jeunesse et de sa splendeur, semblait s'être allumé de lueurs plus hautes et plus éternelles en s'approchant du soir de la vie et des autels mystérieux de la pensée. Ce style ne peignait plus, il ne chantait plus, seulement il adorait; on respirait l'encens d'une âme sur ses pages; c'était Corinne devenue prêtresse et entrevoyant du bord de la vie le Dieu inconnu au fond des horizons de l'humanité.

Ce fut alors qu'elle mourut à Paris, laissant un grand éblouissement dans le cœur de son siècle. C'est le Jean-Jacques Rousseau des femmes, mais plus tendre, plus sensé et plus capable de grandes actions que lui. Génie à deux sexes! un pour penser, un pour aimer; la plus passionnée des femmes et le plus viril des écrivains dans un même être. Nom qui vivra autant que la littérature et autant que l'histoire de son pays.

V

M. de Chateaubriand était alors le seul homme qui pût contre-balancer la renommée de cette femme. Ennemi comme elle de Bonaparte, parce qu'il y a guerre naturelle entre le génie de la pensée et le génie de l'oppression, la chute de ce soldat qui offusquait tout laissait réapparaître ces deux grands écrivains.

M. de Chateaubriand, gentilhomme breton, né sur les grèves de l'Océan, bercé au murmure des vents et des flots de sa patrie, jeté ensuite, par le hasard de sa naissance plus que par ses opinions incertaines, dans les camps errants de l'émigration, puis dans les forêts d'Amérique, puis dans les brouillards de Londres, était l'*Ossian* français; il en avait dans l'imagination le vague, les couleurs, l'immensité, les cris, les plaintes, l'infini. Son nom était une harpe éolienne rendant des sons qui ravissent l'oreille, qui remuent le cœur et que l'esprit ne peut définir, le poëte des instincts plutôt que des idées, le souvenir et le pressentiment d'on ne sait quoi, le murmure mystérieux des éléments. Cet homme avait retenti dans toutes les âmes et conquis un immense empire, non sur la raison, mais sur l'imagination des temps.

VI

Comme tous les grands talents, il était né de lui-même. Seul, oisif, misérable à Londres pendant les dernières années de la République, il avait écrit un livre sceptique comme sa pensée et comme les ruines dont l'écroulement de l'Église et du trône avait semé le monde. On lui avait dit : Ce n'est pas cela; le monde ne veut plus douter, car il a besoin d'espérer; rendez-lui de la foi. Jeune, mélancolique, incliné aux croyances, indifférent à la nature des émotions, pourvu que ces émotions lui revinssent en applaudissements et en gloire après l'avoir remué lui-même, il brûla son livre et il en écrivit un autre : cette fois, c'était le *Génie du Christianisme*. La philosophie avait vaincu; la révolution avait sapé et immolé en son nom; les philosophes étaient accusés de toutes les calamités du temps, ils étaient devenus impopulaires comme les démolisseurs sont maudits des fidèles dont ils ont ruiné le temple. M. de Chateaubriand entreprit l'œuvre de le reconstruire dans l'imagination; il voulut être l'*Esdras* de [illegible] détruite et des adorateurs dispersés.

VII

Un philosophe pieux avait une œuvre belle et sainte à faire sur un pareil plan. La philosophie religieuse et lumineuse s'était avancée de siècle en siècle ; en pénétrant rayon par rayon dans les ombres des temples, elle avait fait pâlir les superstitions, évaporer les idoles, et mis plus de jour, plus de raison et, par conséquent, plus de divinité sur les autels. Une philosophie impie, cynique, matérialiste, s'était mêlée dans les derniers temps à l'œuvre et l'avait viciée et pervertie en s'y mêlant. Remonter aux sources du christianisme, épurer les cœurs, montrer aux hommes de notre temps ce que Dieu avait mis de sainteté, de vertu et d'efficacité dans les doctrines et dans les institutions du christianisme ; ce que l'ignorance, la force, la fraude et la barbarie y avaient mis de superstitions, d'idolâtrie, de vice et de corruption ; rendre à Dieu ce qui était de Dieu, aux hommes ce qui était des hommes, au passé ce qui doit mourir avec lui, à l'avenir ce qui doit durer, et vivifier l'âme humaine en lui faisant respirer une plus pure idée de la Divinité et en imprégnant les cultes, la législation, la politique, toutes les œuvres sociales d'une plus parfaite sainteté : c'était là l'œuvre d'une grande raison, d'une grande imagination et d'une grande piété, remuant d'une main respectueuse, mais libre, les ruines du sanctuaire ancien pour relever le sanctuaire nouveau. M. de Chateaubriand était doué d'une assez haute raison pour l'entreprendre et d'un assez grand génie pour l'accomplir. Le christianisme aurait eu son Montesquieu avec la poésie de plus.

VIII

Au lieu de cette œuvre, M. de Chateaubriand avait fait dans son livre, comme *Ovide*, les *Fastes de la religion*. Il avait exhumé non le génie, mais la mythologie et le cérémonial du christianisme. Il avait chanté sans choix et sans critique ses dogmes et ses superstitions, sa foi et ses crédulités, ses vertus et ses vices ; il avait fait le poëme de toutes ses vétustés populaires et de toutes ses institutions déchues ; depuis la domination politique des consciences par le glaive jusqu'aux richesses temporelles de l'Église, depuis les aberrations de l'ascétisme monacal jusqu'à ses ignorances béatifiées, et jusqu'aux fraudes pieuses des prodiges populaires inventés par le zèle et perpétués par la routine du clergé rural pour séduire l'imagination au lieu de sanctifier l'esprit des peuples, M. de Chateaubriand avait tout divinisé. Son livre était le *reliquaire* de la crédulité humaine.

IX

Il avait immensément réussi. Les raisons de ce succès étaient doubles, dans l'écrivain par son génie, dans l'opinion par sa pente. La révolution avait secoué et désorienté l'esprit humain. Les tremblements de terre donnent un vertige ; le peuple, en voyant s'écrouler en même temps son trône, sa société, ses autels, s'était cru à la fin des temps. Le fer et le feu avaient ravagé les temples ; l'impiété avait persécuté la foi, la hache avait frappé les prêtres, la conscience et la prière avaient été obligées de se cacher comme des crimes ; le Dieu domestique était devenu un secret entre le père, la mère et les enfants ; la persécution avait attendri le peuple pour le sacerdoce, le sang avait sanctifié les martyrs, les ruines des temples jonchaient le sol et semblaient accuser la terre d'athéisme. De plus, le monde était triste comme après les grandes commotions ; une mélancolie inquiète avait saisi les imaginations ; on cherchait l'oracle pour dire au genre humain son avenir. M. de Chateaubriand montra l'autel ancien, la religion du berceau, la prière aux genoux pliés devant la mère, le vieux prêtre blanchi par la proscription revenant errer sur les tombes des aïeux, rapporter aux chaumières le Dieu exilé, le son de la cloche du berceau, l'hymne de l'encens, le mystère, l'espérance, la consolation, le pardon ; le cœur était de son parti ; on accepta pour prophète de l'avenir le poëte qui brodait de tant de fleurs sacrées et de tant de larmes saintes le linceul du passé. Jamais la poésie n'avait fait une pareille conversion des cœurs par la magie de l'imagination et par l'élégance du sentiment. Ce livre étonna le monde comme une voix sortie du sépulcre. On admira, on se souvint, on pleura, on pria, on ne raisonna plus. La France avait été convaincue par le cœur.

De ce jour, M. de Chateaubriand était devenu l'homme nécessaire de toutes les restaurations. Il avait restauré le christianisme et Dieu dans les âmes ; comment ne restaurerait-il pas la monarchie et les rois dans leur palais? Cher à l'Église qu'il avait rajeunie dans ses larmes, cher à l'aristocratie dont il avait sanctifié la proscription, cher aux femmes par la tendresse de ses poëmes où la religion ne luttait avec l'amour que pour diviniser la passion, cher à la jeunesse qui entendait pour la première fois, dans cette poésie, des notes où la nature et Dieu résonnaient comme des cordes neuves ajoutées à l'instrument lyrique du cœur de l'homme : son nom régna sur le sanctuaire, sur le foyer domestique, sur le berceau des enfants, sur la tombe des pères, sur le presbytère du hameau, sur le château du village, sur la couche des époux, sur le rêve du jeune homme; la poésie s'était perdue dans l'athéisme; il l'avait retrouvée en Dieu. La poésie sera une des puissances réelles de ce monde tant que le don de l'imagination sera une moitié de la nature humaine.

X

M. de Chateaubriand était rentré librement en France pour y publier ce livre. Bonaparte, qui était le poëte du passé aussi en action, voulait une main assez riche de couleurs pour lui dorer les institutions, les préjugés, les prestiges sur lesquels il fondait sa puissance. Son génie vaste, mais non créateur, n'était pas autre chose que le génie même des restaurations. Il aspirait à refaire en lui Charlemagne, ce créateur d'un temps à la fin d'un autre, le dixième siècle à la fin du dix-huitième. Il se trompait de date et remontait l'esprit humain de huit siècles. M. de Chateaubriand lui convenait, et il devait convenir à M. de Chateaubriand. Leur idée était la même : M. de Chateaubriand était le Napoléon de la littérature.

XI

L'écrivain ne résista pas aux avances du conquérant; il fut nommé secrétaire d'ambassade à Rome, la capitale du catholicisme restauré, où l'oncle de Bonaparte, le cardinal Fesch, était ambassadeur. Cette subalternité ne satisfit pas longtemps l'homme de génie qui régnait par le talent sur sa patrie : il rompit par de mesquines querelles avec cet ambassadeur simple et rude d'esprit. Napoléon se défiait de toute grandeur naturelle qui ne relevait pas exclusivement de lui. Il affecta de traiter M. de Chateaubriand en homme inférieur en le nommant ministre plénipotentiaire à *Sion*, bourgade du Valais perdue dans une vallée des Alpes. Il y avait tout à la fois de la faveur et de l'ironie dans une pareille mission et dans une telle résidence assignée à un pareil homme. C'était Ovide chez les Sarmates. On peut croire que M. de Chateaubriand le ressentit.

L'assassinat du duc d'Enghien, qui souleva l'indignation de l'Europe à cette époque, lui fournit une noble vengeance. Il envoya sa démission de ses fonctions au meurtrier tout-puissant. C'était la déclaration de guerre de l'honneur au crime. Cette démission n'avait d'injurieuse que sa date. Toutefois M. de Chateaubriand se rangea de ce jour-là devant la fortune de Bonaparte. Il ne lui refusa pas cependant quelques phrases adulatrices à l'époque de son élection à l'Académie française, comme une avance à la réconciliation. L'empereur respira l'encens, mais il écarta encore la main. Distrait par la guerre, il oublia le grand écrivain, qui, de son côté, parut s'abriter exclusivement dans les lettres. M. de Fontanes, son ami, et l'un des familiers de l'empereur, le couvrait contre toute persécution réelle. Grâce à cet intermédiaire, les deux grands rivaux de renommée pouvaient toujours renouer l'un à l'autre leur fortune. Les symptômes de la décadence de Napoléon, rendue plus inévitable par l'excès même de sa tyrannie, frappant M. de Chateaubriand, il prépara en silence la dernière arme dont il voulait le frapper à propos. C'était le libelle intitulé : *De Bonaparte et des Bourbons*. Il le porta plusieurs mois comme un poignard cousu dans la doublure de son vêtement. Ce libelle découvert pouvait être son arrêt de mort. C'était plus qu'une conjuration, c'était un outrage. Ce livre puissant, mais odieux, puisqu'il calomniait l'homme en frappant le tyran, avait élevé M. de Chateaubriand au rang des favoris les plus accrédités de la Restauration. Il était devenu l'homme consulaire de tous les partis royalistes; il soufflait par le journalisme où il convenait à sa domination, tantôt le royalisme implacable, tantôt le libéralisme caressant, tantôt l'ancien régime sans contre-poids, tantôt la conciliation captieuse, ayant pour écho le *Journal des Débats* ou le *Conservateur*, pour école la jeunesse aristocratique, pour mobile une capricieuse ambition et une immense personnalité, quelquefois vaincu, quelquefois vainqueur, mais toujours sûr de retrouver la faveur publique, en affectant la persécution et en se retirant dans son génie.

XII

M. de Bonald, talent bien inférieur, mais caractère bien supérieur à celui de M. de Chateaubriand, avait, à cette même époque, un nom égal : mais sa popularité mystérieuse ne dépassait pas les limites d'une école et d'une secte; c'était le législateur religieux du passé renfermé dans le sanctuaire des temps. Il rendait des oracles pour les croyants, il ne se répandait pas sur le peuple.

M. de Bonald était la plus noble et la plus pure figure que l'ancien régime pût présenter au nouveau. Gentilhomme de province, chrétien de foi, patriote de cœur, royaliste de dogme, bourbonien d'honneur et de fidélité, il avait revendiqué sa part de proscription et d'indigence pendant l'émigration; il avait erré de camps en camps et de villes en villes à l'étranger, avec sa femme et ses enfants nourris de son travail; il avait étudié l'histoire, les mœurs, les religions, les révolutions des peuples dans leurs catastrophes même et sur place. Comme Archimède, il avait écrit et calculé au milieu de l'assaut des hommes et de l'incendie européen. Sa religion était sincère et soumise comme à un ordre reçu d'en haut et non discuté. Il empruntait toute sa philosophie aux livres saints; il croyait à la révélation politique comme à la révélation chrétienne; il remontait toujours d'échelons en échelons jusqu'à l'oracle primitif, Dieu. Sa théocratie n'admettait ni le doute ni la révolte. Mais, comme dans toutes les fois sincères et désintéressées, il n'y avait en lui ni excès, ni paradoxe, ni violence; il était indulgent et doux comme les hommes qui se croient possesseurs certains et infaillibles de leur vérité; il composait avec les temps, les mœurs, les opinions, les circonstances, jamais avec l'autorité. Son caractère avait la modération du possible; il aurait été le ministre très-sage d'une restauration patiente, prudente et mesurée; il possédait la sagesse de ses opinions. L'habitude de méditer et d'écrire lui avait enlevé le talent de la parole; il était trop élevé et trop serein pour être orateur parlementaire ou orateur populaire; il ne parlait pas, il pensait à la tribune. Mais ses livres et ses opinions écrites faisaient dogme dans le parti monarchique et religieux; son style simple, réfléchi, coulant sans écume et sans secousse, était l'image de son esprit. On y sentait l'honnêteté et la candeur de l'intelligence; on s'y attachait comme à un doux et intime entretien; on en prenait l'habitude, et même en résistant aux convictions on suivait entraîné par le charme de la bonne foi dans l'erreur et du naturel dans la vérité. Sa conversation surtout était attachante. C'était la confidence de l'homme de bien. M. de Bonald n'était pas seulement pour la France d'alors un grand publiciste, c'était un pontife de la religion et de la monarchie.

XIII

M. de Fontanes, depuis la mort de l'abbé Delille, passait de confiance pour le poëte survivant de l'école antique du dix-septième siècle. Son nom avait une immense autorité. Il abritait cette renommée sous le mystère. On parlait sans cesse des poëmes qu'il ne publiait jamais. M. de Chateaubriand, son protégé à l'époque où il avait besoin de protecteur, son ami depuis, professait pour M. de Fontanes l'admiration qu'il refusait à la foule des poëtes du temps. On ne connaissait de ce poëte que quelques fragments élégants, purs, didactiques, sans originalité, sans chaleur, mais sans taches, talent qui désarmait la critique, mais qui ne passionnait pas l'enthousiasme. M. de Fontanes excellait davantage dans cette éloquence d'apparat que Napoléon lui faisait déployer dans les grandes cérémonies de son règne, comme la pompe de l'Empire. Il avait été l'orateur de cour et le poëte monarchique depuis le Consulat jusqu'à la Restauration. Il s'était précipité au nouveau règne avec plus d'empressement que de convenance. Poëte pour les politiques, politique pour les poëtes; élevé par la faveur de deux règnes aux plus hautes dignités du gouvernement, il jouissait d'une considération présente et d'une gloire future, enveloppé dans son prestige, inviolable à la critique, agréable à la cour, caressé par les hommes d'État, révélant de temps en temps aux académies et aux élus des lettres ses vers comme une complaisance, et son talent comme une faveur.

XIV

La philosophie du dix-huitième siècle n'avait plus que de vieux et rares adeptes survivants de la révolution.

La philosophie catholique était représentée par deux hommes d'un puissant génie de style. Quoique différents d'âge et de patrie, ils apparaissaient ensemble et au même moment sur l'horizon du nouveau siècle.

L'un, c'était le comte Joseph de Maistre, était un gentilhomme savoyard émigré comme M. de Bonald et ayant passé en Russie les longues années de la révolution. Il était déjà avancé en âge quand la chute de Napoléon lui rouvrit sa patrie. Il y rentrait avec les idées qu'il en avait emportées vingt ans avant. Les bouleversements de l'Europe, qu'il avait contemplés du fond tranquille de sa retraite, ne lui paraissaient que la vengeance divine et l'expiation méritée de l'abandon des doctrines antiques par l'esprit nouveau. Il ne discutait pas comme M. de Bonald, il ne chantait pas comme M. de Chateaubriand, il prophétisait avec les cheveux blancs, l'autorité et la rudesse d'un homme qui portait le jour et les foudres de Dieu. Sa riche et puissante nature l'avait merveilleusement prédisposé à ce rôle, ou plutôt ce n'était point un rôle, c'était une foi. Il croyait fermement tout ce qu'il disait. C'était un homme de la Bible plus que de l'Évangile; il avait les audaces d'images, les éclairs, les retentissements des oracles de Jéhovah. Il ne reculait devant aucun paradoxe, pas même devant le bourreau et le bûcher. Il voulait que l'autorité de Dieu sur les esprits fût armée comme l'autorité des trônes sur les hommes. Contraindre pour sauver, amputer pour assainir, imposer la tyrannie de la foi par les licteurs et par le glaive: voilà la doctrine qu'il osait présenter à un monde énervé de scepticisme et devenu tolérant au moins par incertitude de vérité. Le scandale de ces défis d'un philosophe absolu à l'esprit humain attira l'attention publique sur ses œuvres; le génie naturel de son style le fit lire de ceux-là mêmes qui le réprouvaient. Ce style, qui n'avait été façonné par aucun contact avec la littérature efféminée du dernier siècle, avait les témérités, la grandeur et la beauté sauvage d'un élément primitif; il rappelait les *Essais de Montaigne*, mais c'était un *Montaigne* inculte, ivre de foi, au lieu d'être flottant de doute, sachant peu et trouvant dans ses ignorances mêmes la simplicité de son dogme et la violence de sa conviction. Les *Soirées de Saint-Pétersbourg*, premier livre de ce Platon des Alpes, étonnaient les hommes de lettres et charmaient les hommes de foi. On n'imaginait pas alors qu'une secte religieuse prendrait au sérieux les hardiesses de style du comte Joseph de Maistre, homme aussi doux et aussi tolérant que ses images étaient terribles, et qu'on ferait de son livre le code d'une doctrine de *terreur*.

XV

L'autre, M. de Lamennais, était un jeune prêtre inconnu jusque-là au monde, né dans la Bretagne, grandi dans la solitude et dans la rêverie, jeté par le dégoût des passions et par l'impétuosité infinie des désirs dans le sanctuaire, et voulant précipiter l'esprit de son siècle par la force de la persuasion au pied des mêmes autels où il avait cru trouver la foi et la paix. Il n'y avait trouvé ni l'une ni l'autre, et sa vie devait être plus tard le long pèlerinage de son âme en mille autres cultes d'idées; mais alors il était convaincu, ardent, implacable, et son zèle le dévorait sous la forme de son génie. Ce génie rappelait à la fois Bossuet et Jean-Jacques Rousseau; logique comme l'un, rêveur comme l'autre, plus poli et plus acéré que les deux. Son *Essai sur l'indifférence en matière de religion* était un des plus éloquents appels qui pût sortir du temple pour y convoquer la jeunesse par la raison et par le sentiment. On s'arrachait ces pages comme si elles étaient tombées du ciel sur un siècle désorienté et sans voie. M. de Lamennais était plus qu'un écrivain alors, c'était l'apôtre jeune qui rajeunissait une foi.

XVI

Une autre école philosophique se ranimait à côté de celle de ces philosophes sacrés; c'était celle du platonisme moderne, de cette révélation par la nature et par la raison que Jean-Jacques Rousseau, Bernardin de Saint-Pierre, Ballanche, Jouffroy, Kératry, Royer Collard, Aimé Martin, disciple pieux et continuateur de l'auteur des *Études de la nature*, avaient substituée peu à peu à ce matérialisme voisin de l'athéisme, crime, honte et désespoir de l'esprit humain. Les philosophes allemands et écossais l'avaient élevée sur les ailes de l'imagination du Nord jusqu'à la hauteur de la contemplation et du mystère. Un jeune homme nourri et comme enivré de ces révélations naturelles, orateur, écrivain politique, commençait à les révéler à la jeunesse. C'était M. Cousin. Une éloquence grave, mystique, vague comme l'infini, confidentielle et à demi-voix comme les secrets d'un autre monde, pressait autour de lui les esprits avides de croire après avoir tant douté. Sa parole promettait toujours, c'était l'éternel crépuscule d'une éminente vérité. On espérait sans cesse la voir éclore plus visible et plus complète de ses discours ou de ses pages. L'imagination achevait ce que le philosophe avait ébauché. Un concours pareil à celui qui entourait jadis *Abailard* inondait les portiques des écoles. On n'en sortait pas éclairé, mais enivré. Le philosophe n'avait pas dévoilé les mystères que Dieu seul révèle tour à tour à l'intelligence pieuse de l'humanité; mais il avait accompli la seule fin de la philosophie sur la terre, il avait élevé l'âme de la génération et tourné ses regards vers Dieu. On était déjà bien loin du cynisme et de l'abrutissement d'idées de l'Empire.

XVII

L'histoire est la politique en arrière des nations en repos; elle commençait de grandes œuvres : M. de Ségur racontait en style épique la campagne de Napoléon en Russie et cette sépulture de sept cent mille hommes dans la neige; M. Thiers, les annales de la révolution française, où sa claire intelligence puisait et reversait la lumière des faits; M. Guizot, des considérations dogmatiques qui pliaient les événements aux théories; M. Michaud, les croisades, cette épopée du fanatisme chrétien; M. de Barante, des chroniques qui rajeunissaient la France dans la naïveté de ses premiers âges; M. Michelet, les premières pages de ses récits, pleines alors de la crédulité et de la candeur de sa jeunesse, ces grâces poétiques de l'historien; M. Daru, la grandeur et la chute de Venise; Lacretelle, tout le dix-huitième siècle, auquel il avait assisté, modéré et pur.

XVIII

L'Empire, qui avait imposé le silence ou la bassesse aux écrivains, laissait cependant un grand nombre d'hommes éminents ou notables dans les ordres divers de la littérature. Le vieux Ducis vivait encore; il reportait aux Bourbons la fidélité de ses anciens souvenirs, qui avaient survécu à son républicanisme. Inflexible aux faveurs de l'Empire, il acceptait celles de Louis XVIII, son premier patron. Raynouard, ami de M. Lainé, âme désintéressée, cœur libre et voix indépendante, ajoutait des tragédies sévères à sa belle tragédie des *Templiers*. Chénier, constant dans l'inconstance générale, protestait en vers énergiques pour la philosophie et pour la liberté. On l'avait accusé du meurtre de son frère pendant la terreur; il lavait dans ses larmes d'indignation cette calomnie de sa tendresse. Lemercier, esprit bizarre associé à un cœur noble et droit, gardait aussi sa fidélité à la république, qu'il n'avait pas prosternée sous l'Empire. Briffault, après avoir tenté avec succès la scène française par des drames jetés au moule de Voltaire, renonçait, pour la gloire légère des salons, aux travaux austères du tragique, et semait, comme Boufflers, son esprit et sa grâce au vent. Casimir Delavigne chantait, en strophes latines et grecques, les revers de la patrie, dans les *Messéniennes*, ces préludes de sa vie de poëte. Hugo, encore enfant, balbutiait déjà des strophes qui faisaient faire silence aux vieilles cordes de la poésie de tradition. Soumet, tendre comme André Chénier dans l'élégie, harmonieux comme Racine dans l'épopée, flottait entre les deux écoles. Millevoye mourait un chant divin sur les lèvres. Vigny méditait, en s'écoutant lui-même, ces œuvres de recueillement et d'originalité qui n'ont point de genre parce qu'elles ne rappellent qu'une âme solitaire comme son talent. Sainte-Beuve conversait, en vers nonchalants et tendres, avec ces amis de sa jeunesse, qu'il devait critiquer plus tard en les regrettant. Andrieux, Guiraud, Étienne, Duval, Parceval-Grandmaison, Viennet, Esménard, Saint-Victor, Campenon, Baour-Lormian, Michaud, Pongerville, Jules Lefèvre, Émile Deschamps, Berchoux, Charles Nodier, Sénancour, Xavier de Maistre, E. Stern des Alpes, frère du philosophe Montlosier, Genoude, M. de Frayssinous, prédicateur, Feletz; madame Dufresnoy, madame Desbordes-Valmore, madame Cottin, madame Tastu, madame de Genlis, mademoiselle Delphine Gay, depuis madame de Girardin, et dont le talent devait illustrer deux noms, plusieurs autres noms qui s'éteignaient ou qui commençaient à poindre dans le siècle, assistaient ainsi au déclin de l'Empire et à l'aurore de la Restauration. La nature, qui avait paru stérile parce qu'elle était distraite par la révolution, par la guerre et par le despotisme, se remontrait plus productive que jamais. C'était la végétation d'une nouvelle sève longtemps comprimée, la renaissance de la pensée sous toutes les formes de l'art moderne. Une nouvelle ère de la pensée, de la politique, de la religion, devait couver dans ce foyer dont la paix et la liberté avaient ravivé les flammes. On reconnaissait la France au moment où elle était vaincue par la frénésie d'ambition de son chef; elle reprenait le sceptre de l'intelligence cultivée et de l'opinion dans le monde.

XIX

Le retour de la famille des Bourbons et d'une aristocratie qui avaient toujours patronné, honoré et cultivé les lettres et les arts, contribuait puissamment à ce mouvement de l'intelligence. La société française retrouvait tous ses foyers dispersés dans les salons de Paris. Cette société est à l'esprit humain ce que le rapprochement des corps animés est à la chaleur. La conversation est en France, comme elle était à Athènes, une partie du génie du peuple. La conversation vit de loisir et de liberté. Les catastrophes de la Révolution d'abord, les proscriptions, les prisons, les échafauds, puis la guerre sans terme, la dispersion de l'aristocratie française à l'étranger, dans ses provinces, dans ses châteaux, et enfin la police inquisitoriale du despotisme ombrageux de Napoléon, l'avaient tuée ou amortie depuis vingt ans. Les malheurs publics étaient le seul entretien des dernières années de l'Empire. La conversation était revenue avec la Restauration, avec la cour, avec la noblesse, avec l'émigration, avec le loisir et la liberté. Le régime constitutionnel, qui fournit un texte continuel à la controverse des partis, la sécurité des opinions, l'animation et la licence des discours, la nouveauté même de ce régime de liberté qui permettait de penser et de parler tout haut dans un pays qui venait de subir dix ans de silence, accéléraient plus qu'à aucune autre époque de notre histoire ce courant des idées et ce murmure régulier et vivant de la société de Paris; elle avait ses foyers principaux dans les riches quartiers du faubourg Saint-Germain et de la Chaussée-d'Antin.

XX

Le premier centre de cette société renaissante était le cabinet même du roi. Louis XVIII avait vécu avant l'émigration dans la familiarité des écrivains sérieux ou futiles de sa jeunesse. Les longs loisirs de l'émigration, la vie immobile et studieuse à laquelle l'infirmité de ses jambes le condamnait avaient accru en lui ce goût des entretiens. C'est le plaisir sédentaire de ceux qui ne peuvent aller chercher le mouvement des idées au dehors, et qui s'efforcent de le retenir autour d'eux. C'était le roi du coin du feu. La nature l'avait doué et la lecture l'avait enrichi de tous les dons de la conversation, déjà naturels à sa race. Il avait autant d'esprit qu'aucun homme d'État ou qu'aucun homme de lettres de son empire. M. de Talleyrand lui-même, si renommé par sa convenance et par sa finesse, ne le surpassait pas en à-propos; madame de Staël, en éloquence naturelle; les femmes, en grâces; les politiques, en éloquence; les poëtes, en citations; les érudits, en mémoire. Il se plaisait à donner tous les matins des audiences longues et intimes aux hommes les plus éminents de ses conseils, de ses académies, de ses corps politiques, de sa diplomatie, et aux étrangers remarquables qui traversaient la France. Les femmes illustres ou célèbres y étaient admises et recherchées. Là, ce prince jouissait véritablement du trône. Il descendait, pour paraître plus grand, à toutes les familiarités d'entretien. Il révélait un homme égal à tous les hommes supérieurs de son temps dans la conversation ; il se plaisait à étonner et à charmer ses interlocuteurs; il régnait par l'attrait; il se sentait et il se faisait sentir l'homme d'esprit par excellence de son empire. C'était son sceptre personnel, à lui; il ne l'aurait pas changé contre celui de sa naissance. Sa belle figure, son regard inondé de lumière, le son de sa voix grave et modulé, son geste ouvert et accueillant, sa dignité respectueuse envers lui-même comme envers les autres, l'intérêt même qu'inspirait cette infirmité précoce d'un prince jeune par le visage et par le buste, vieillard seulement par les pieds, ce fauteuil roulé par des pages, ce besoin d'un bras emprunté pour le moindre mouvement dans son salon, ce bonheur des entretiens prolongés visible sur ses traits, tout imprimait dans l'âme des hommes admis en sa présence un sentiment de respect pour le prince et de sincère admiration pour l'homme. La familiarité et la grâce étaient remontées sur le trône et en redescendaient avec lui. Le soir, dans les réceptions officielles de sa cour, il n'avait que des gestes, des sourires, des mots pour chacun ; mais tout était royal, juste et spirituel dans ces gestes, dans ces sourires et dans ces mots. La présence de cœur était égale à la présence d'esprit. Il représentait admirablement la royauté antique chez un peuple nouveau ; il s'étudiait à confondre deux dates, et il y réussissait ; il aimait à paraître l'hôte de la France nouvelle autant que le roi de la vieille France; il se faisait pardonner la supériorité de son rang par la supériorité de sa grâce et de son esprit.

XXI

M. de Talleyrand réunissait chez lui les diplomates, les hommes éminents de la Révolution et de l'Empire passés sur sa trace au nouveau règne, les jeunes orateurs ou les jeunes écrivains qu'il désirait capter à sa cause et qui venaient étudier de loin chez ce courtisan réservé et consommé la finesse qui pressent les événements, les manœuvres qui les préparent, l'audace qui s'en empare pour les tourner à son ambition. M. de Talleyrand, comme tous les hommes supérieurs à ce qu'ils font, avait toujours de longs loisirs pour le plaisir, le jeu, les entretiens. Il craignait, il aimait et il soignait les lettres au milieu du tumulte des affaires. Nul ne pressentait de plus loin le génie dans des hommes encore ignorés. Ce ministre, qu'on croyait absorbé dans les soucis de la cour et dans le détail de l'administration, traitait tout, même les plus grandes choses, avec négligence, laissait faire beaucoup au hasard qui travaille toujours, et passait des nuits entières à lire un poëte, à écouter un article, à se délasser dans l'entretien d'hommes et de femmes désœuvrés de tout, excepté d'esprit. Il avait un coup d'œil pour chaque homme et pour chaque chose, distrait et attentif au même moment. Sa conversation était concise, mais parfaite. Ses idées filtraient par gouttes de ses lèvres, mais chaque parole renfermait un grand sens. On lui a attribué un goût d'épigrammes et de saillies qu'il n'avait pas; son entretien n'avait ni la méchanceté ni l'essor que le vulgaire se plaisait à citer et à admirer dans les reparties d'emprunt mises sous son nom. Il était, au contraire, lent, abandonné, naturel, un peu paresseux d'expression, mais toujours infaillible de justesse. Il avait trop d'esprit pour avoir besoin de le tendre. Ses paroles n'étaient pas des éclairs, mais des réflexions condensées en peu de mots.

XXII

Madame de Staël attirait autour d'elle tous les hommes qui n'avaient pas rapporté de l'émigration l'horreur de 1786 et l'antipathie contre le nom de son père. Sa société se composait de quelques rares républicains, survivants purs et constants de la Gironde ou de Clichy, des débris du parti constitutionnel de l'assemblée constituante, des royalistes nouveaux, des philosophes, des orateurs, des poëtes, des écrivains, des journalistes de toutes les dates. Elle était le foyer de toutes ces opinions et de tous ces talents neutralisés dans son salon par la bonté de son âme et par la tolérance de son génie. Elle aimait tout parce qu'elle comprenait tout. Elle était aimée universellement aussi parce que ses opinions n'avaient jamais été des haines, mais des enthousiasmes. Ces enthousiasmes étaient la température naturelle de son cœur et de sa parole. Sa conversation était une ode sans fin. On se pressait autour d'elle pour assister à cette éternelle explosion d'idées hautes et de sentiments magnanimes exprimés par l'éloquence inoffensive d'une femme. On en sortait passionné pour la tyrannie, pour la liberté, pour le génie, pour les perspectives sans limites de l'imagination. Le foyer de ce salon réchauffait toute l'Europe. Madame de Staël était le Mirabeau de la conversation et des lettres. Elle ne remuait pas seulement dans ses improvisations la révolution de la France, mais la révolution de l'imagination humaine. Un délire sublime et ravi s'emparait de ses auditeurs. Le monde moderne n'avait pas vu depuis les sibylles l'incarnation du génie viril sous les traits d'une femme. Elle était la sibylle de deux siècles à la fois, du dix-huitième et du dix-neuvième, de la Révolution à son berceau, de la Révolution près de sa tombe.

XXIII

Une autre femme, fille d'un Girondin héroïque, la duchesse de Duras, ouvrait plus exclusivement son salon aux royalistes, aux hommes de cour, aux femmes belles et spirituelles du temps, aux écrivains ou aux politiques de l'école de la monarchie. Ce salon était consacré surtout par l'enthousiasme de madame de Duras et M. de Chateaubriand, son oracle et son ami. Elle réunissait autour de lui et pour lui tous les adorateurs de son talent et tous les serviteurs de son ambition politique. Les lettres s'y mêlaient aux intrigues d'État, les vers et les rumeurs aux discours. Académie et conciliabule à la fois, ce salon rappelait ceux de la *Fronde*, où l'amour et la poésie, les femmes et les ambitieux entraient dans les complots de l'ambition et dans les intrigues des cours. Madame de Duras elle-même écrivait avec goût et avec passion. Elle avait assez de feu pour reconnaître et pour adorer le génie dans les autres. Une enfant dans la fleur de sa beauté et dans toute la fraîcheur de son chant, mademoiselle Delphine Gay, y lisait ses premiers vers.

XXIV

Dans le faubourg Saint-Germain, l'hôtel de la princesse de la Trémouille, autrefois princesse de Tarente, était le centre de réunion de l'ancienne politique et de l'ancienne littérature, revenues de l'exil avec la haute aristocratie de cour. On n'y tolérait rien de ce qui transigeait avec le temps. Louis XVIII lui-même y était suspect de mésalliance avec les idées et les hommes de la Révolution. C'était là que M. de Bonald, M. de Féletz, M. Ferrand, M. de Maistre, M. Bergasse et les écrivains implacables aux nouveautés avaient leur public. C'était là aussi que les orateurs du royalisme exalté et de l'émigration irréconciliable venaient concerter leur opposition, fronder les Tuileries, aspirer au règne du comte d'Artois, ce roi anticipé des vieilles choses.

Deux autres salons plus peuplés et plus jeunes s'ouvraient, dans le même quartier, aux hommes littéraires et parlementaires qui se retrouvaient ou qui se cherchaient pour se refléter de l'éclat ou pour se prêter de la force d'opinion. Deux femmes jeunes, belles de charmes, les y attiraient : c'étaient madame la duchesse de Broglie et madame de Saint-Aulaire, réunies par l'âge, par le goût des choses intellectuelles, par les mêmes amis, par l'opinion et par l'amitié.

XXV

Madame de Broglie était fille de madame de Staël. Elle avait été élevée par elle dans l'enthousiasme du génie; mais son enthousiasme, plus pieux que celui de sa mère, était surtout de la vertu; la piété sanctifiait à l'œil la mélancolique beauté de ses traits. C'était l'hymne intérieur d'une belle âme révélée dans son angélique figure de la pensée. Son mari, le duc de Broglie, aristocrate de naissance, impérialiste d'éducation, libéral d'esprit, avait toutes les conditions d'importance dans un règne et dans une époque qui participaient de ces trois natures d'opinions; il ne pouvait manquer d'être recherché par les trois partis qui aspiraient à se populariser de son nom et de son mérite. Une opposition éloquente sous une monarchie parlementaire était le rôle qui convenait à son attitude, l'attitude des Grey, des Holland, des Shéridan, des Fox, ces grandes familles patriciennes retrempées par la tribune dans la faveur des plébéiens. Ce salon rassemblait les amis de madame de Staël, les étrangers de haute naissance ou de haute illustration, les orateurs de l'opposition dans les deux chambres, les écrivains et les publicistes de la jeune génération, quelques républicains de théorie qui s'accommodaient au temps et qui ajournaient leurs espérances. M. de la Fayette, temporisateur et patient comme un débris et comme une pierre d'attente, y venait. C'était une atmosphère de mécontents sans colère, ayant l'attitude plus que l'acharnement des oppositions. M. Guizot y préludait à la tribune par des brochures politiques qui dogmatisaient trop pour émouvoir. Il avait le silence de la préméditation sur les lèvres, l'ardeur de la volonté dans les yeux. On ne pouvait le voir sans un pressentiment. M. Villemain, le Fontenelle du siècle, y dissertait avec un insouciant scepticisme, qui est l'indifférence de la supériorité. M. de Montlosier y adaptait ses paradoxes aristocratiques aux passions de la démocratie. Une grande tolérance s'interposait; les hommes et les opinions, la jeunesse, la longue perspective de choses et d'idées futures, la littérature, l'éloquence, la poésie, la grâce des manières, planaient sur tous et tempéraient tout. C'étaient les illusions d'une aurore de gouvernants, un salon de girondins avant leur triomphe et leur perte; beaucoup d'hommes, promis à l'ambition, à la gloire ou au malheur, se coudoyaient là avant de se séparer pour parcourir des routes diverses; on eût dit d'une halte avant le combat.

XXVI.

Les mêmes hommes et les mêmes femmes se retrouvaient chez madame de Saint-Aulaire, amie de madame la duchesse de Broglie, et, comme elle, dans la splendeur de sa vie, de sa beauté, de son esprit, mais ce salon, moins politique, s'élargissait pour toutes les supériorités acquises ou pour toutes les espérances de la littérature et des arts. Les partis s'effaçaient en entrant; la haute naissance et les opinions royalistes s'y confondaient avec l'illustration récente et les doctrines libérales. On n'y recherchait que la distinction personnelle et l'élégance des idées; c'était le congrès de l'esprit national neutralisé, dans un hôtel de Paris, par les charmes d'une femme éminente. M. de Talleyrand, la duchesse de Dino, sa nièce, favorite étrangère, belle et morne comme une étoile du ciel d'Ossian; M. de Barante, M. Guizot, M. Villemain, M. de Saint-Aulaire, M. de Forbin, M. Beugnot, esprit érudit, anecdotique et répandu; les Bertin, esprits contenus et observateurs; les Villemain, les Cousin, les Sismondi, les philosophes, les historiens, les publicistes, les poëtes, y échangeaient perpétuellement entre eux les émulations et les applaudissements, ces préludes de gloire que la jeunesse aspire dans le murmure des lèvres de femmes admirées. On s'y croyait reporté à la seconde naissance d'un dix-septième siècle, élargi et ennobli encore par la liberté.

XXVII

Une autre femme remarquable par le charme attrayant et par la grâce sérieuse de l'esprit, madame de Mouscalin, sœur du duc de Richelieu, réunissait, en plus petit nombre et plus exclusivement, les hommes politiques et les écrivains du parti modéré de la Restauration. Là, on entendait M. Lainé, homme d'antique candeur; M. Pozzo di Borgo, orateur, guerrier, diplomate, véritable Alcibiade athénien, exilé longtemps dans les domaines de Prusias, et revenant confondre en lui, dans son pays, son double rôle d'ambassadeur d'un souverain étranger et de citoyen de sa patrie. Capo d'Istria, destiné, par le charme et par l'élévation de son esprit, à séduire l'Europe pour la Grèce, et à mourir pour elle en essayant de la ressusciter. Le maréchal Marmont, portant sur ses beaux traits la tristesse d'une défection du devoir et de l'amitié pour ce qu'il avait cru un devoir supérieur à toute amitié et à toute reconnaissance, l'humanité, et disant à Louis XVIII, en lui demandant la vie du maréchal Ney, son compagnon d'armes : « Vous me la devez, car je vous ai donné, moi, plus que la vie. » M. Hyde de Neuville, royaliste libéral, s'efforçant de retenir dans un même amour la chevalerie et la liberté, cette chevalerie des peuples qu'il ne réussissait à unir que dans son cœur. M. Molé, portrait d'homme d'État, jeune et pensif, par Van Dyck, mais qui portait sur ses lèvres trop de sourires à trop de fortunes. M. Pasquier, de naissance parlementaire, d'intelligence cultivée, d'aptitude universelle, de parole fluide, de convictions larges, fidèle seulement aux élégances d'esprit et à l'aristocratie des sentiments. M. Mounier, fils du célèbre constituant de ce nom, longtemps secrétaire intime de Napoléon, toujours respectueux pour sa mémoire, rallié aux Bourbons parce qu'ils étaient le gouvernement nécessaire de sa patrie, esprit juste, studieux, modeste, infatigable, ayant le culte de l'amitié et de la reconnaissance dans le cœur, la raillerie socratique dans le sourire, les grâces sérieuses de l'homme d'État dans la conversation. Cette réunion, où les lettres se mêlaient tous les soirs à la politique, était l'école des hommes d'État.

XXVIII

M. Casimir Périer, M. Laffitte, quelques autres hommes nouveaux, riches et influents, recevaient, sur l'autre rive de la Seine les débris de la République et de l'Empire. Les ambitieux ajournés et les mécontents irréconciliables commençaient à former le noyau de cette opposition acerbe ou les regrets du despotisme tombé et les aspirations à la république, par une contradiction que la passion commune explique, se confondaient sous le nom de libéralisme, dans leur animosité contre l'aristocratie et contre les Bourbons. Là commençait à éclore la renommée, d'abord voilée, bientôt populaire, d'un des phénomènes les plus étranges de la littérature française, Béranger, un tribun chantant. Comme tous les esprits indépendants, Béranger avait senti le poids de la tyrannie, et il avait protesté en vers, cette arme du poëte contre l'oppression. Son génie, éminemment plébéien d'accent, quoique aristocratique d'élégance, était républicain comme son âme. L'empire aurait dû se soulever comme la grande apostasie de l'armée à la République. Mais Béranger, plus patriote encore que républicain, et plus sensible aux ruines de la patrie qu'aux ruines de son opinion, n'avait vu que le sang des braves et l'incendie des chaumières de son pays. Pendant l'invasion, sa pitié et sa colère l'avaient emporté sur ses répugnances contre l'Empire; il avait oublié le tyran d'un peuple, il n'avait vu que le chef guerrier d'une nation. Et puis, pour les cœurs généreux, la chute absout. L'écroulement de Napoléon lui avait valu le pardon du poëte. Chateaubriand avait valu une armée aux Bourbons; Béranger allait valoir un peuple au bonapartisme. Rouget de l'Isle, en 1792, avait poussé des bataillons aux frontières par la *Marseillaise;* Béranger allait pousser des milliers d'âmes à l'opposition par ses poëmes chantés.

XXIX

Casimir Delavigne, Etienne, Jouy, Benjamin Constant, Lemercier, Arnault, tous les poëtes, tous les écrivains disciplinés, dotés, patentés de gloire par l'Empire, et tous ceux qui répugnaient aux Bourbons et à l'aristocratie, fréquentaient ces salons plébéiens. On y notait déjà des fortunes naissantes d'esprit qui caressaient cette opinion et qui se prédestinaient eux-mêmes à devenir les écrivains, les orateurs et les hommes consulaires de la bourgeoisie sous le sceptre du duc d'Orléans. Dans ce nombre, M. Thiers et M. Mignet, deux jeunes hommes du Midi, unis par l'amitié et par l'espérance, commençaient à se signaler par de belles ébauches d'histoire et de politique. Ils remontaient à la Révolution de 1789 pour mieux prendre leur course et leur direction vers des révolutions nouvelles.

De nombreux journaux luttaient au nom des deux grandes opinions qui commençaient à trancher la France; mais les luttes étaient loin encore d'avoir l'âpreté, la colère et l'injure qu'elles contractèrent quelques mois plus tard dans la *Minerve*, satire ménippée de la Restauration, et dans le *Conservateur*, foyer ouvert à tous les regrets, à tous les ressentiments et à toutes les exagérations des royalistes. L'opinion publique, encore douce et conciliante, commandait, autant que la *censure*, une certaine modération et une certaine élégance même aux hostilités des deux partis. On ne se combattait encore que par des épigrammes, on se combattrait bientôt avec des vengeances.

XXX

Ce n'était pas le parti républicain, c'était le parti napoléonien et militaire qui commençait la guerre avec la précipitation, l'imprudence et l'animosité d'un parti qui n'acceptait pas sa défaite.

L'impératrice répudiée, *Joséphine*, vivait retirée et honorée à la Malmaison, étrangère non aux larmes, mais aux implacables amertumes de sa grandeur déchue. La reine Hortense, fille de cette impératrice et du marquis de Beauharnais, n'avait pu se résoudre à la retraite et à l'obscurité que lui commandaient la répudiation de sa mère, la séparation de son mari, Louis, frère de Napoléon, roi de Hollande, et enfin la chute de Napoléon lui-même, seul auteur de toutes ces fortunes et qu'il devait entraîner avec lui. Accoutumée à l'adoration de la cour impériale, que son titre de belle-fille de l'empereur et la faveur paternelle de ce souverain pour elle lui assuraient, la reine Hortense avait voulu en jouir même après lui. Elle avait employé la magie de son nom, le prestige de ses souvenirs, l'influence de ses grâces sur l'empereur Alexandre pour que ce prince obtînt ou exigeât en sa faveur, de Louis XVIII, le titre de duchesse de Saint-Leu, la conservation de ses richesses et la résidence à Paris ou dans sa résidence royale de Saint-Leu. Elle était devenue, pour la jeunesse militaire de l'Empire, l'idole tolérée du napoléonisme, adorée encore sous les traits d'une femme belle, jeune, spirituelle, passionnée. Tous les jeunes officiers de la maison militaire de l'empereur, tous les poëtes, tous les écrivains qui restaient fidèles à cette gloire ou qui voulaient se vouer à ce culte d'une grandeur plutôt éclipsée qu'évanouie, se réunissaient chez la reine Hortense. C'est de là que jaillissaient contre les Bourbons et leurs serviteurs surannés ces chants populaires, élégies de la gloire, ces railleries, ces épigrammes, ces caricatures, ces mots frappés comme des médailles de haine et de mépris qui se répandaient dans le peuple et dans l'armée pour y propager la conspiration du mépris. C'est de là aussi que les derniers soupirs de la passion filiale d'une jeune femme pour celui qui avait fait sa grandeur et sa puissance, et les premières insinuations de son retour partaient pour atteindre Napoléon à l'île d'Elbe et pour lui porter les symptômes de la conjuration militaire qui s'ourdissait pour lui sous les dehors d'un culte purement filial. Dans ce cénacle du culte impérial, l'amour, les lettres, la poésie, les arts, les intimités de la société, les confidences de l'entretien, les retours sur le passé, les égarements de la mémoire tenaient moins encore de la littérature que de la conspiration. . . .

. . . .

Ce fut au milieu de cette renaissance de la littérature que je passai les deux premiers hivers qui suivirent la restauration des Bourbons à Paris. Très-jeune, très-timide, très-inconnu encore, j'admirais de loin ces grands noms poétiques comme des monuments que je ne pourrais jamais mesurer de près. Ces gloires littéraires de l'Empire, ou ces jeunes gloires qui commençaient à poindre dans les salons lettrés de Paris, avaient un immense prestige pour moi. Je croyais qu'un homme imprimé était un homme transfiguré. Je me souviens de l'impression de respect et presque de terreur que me faisaient les noms de M. de Fontanes, de M. de Chateaubriand, de M. Casimir Delavigne, de M. Briffault, des poëtes, des écrivains, des orateurs, des journalistes célèbres du moment. Ces noms et beaucoup d'autres m'éblouissaient. Mon enthousiasme pour tout homme qui aligne quelques vers, ou qui ajuste quelques phrases, ou qui déclame quelques harangues, a beaucoup baissé depuis. Cependant il m'est toujours resté un certain préjugé de supériorité, un certain culte secret pour les hommes de pensée. Ces hommes qui osent se mesurer avec l'immortalité, porter le défi au temps, un petit volume à la main, penser ou chanter tout haut devant leur siècle, me paraissent encore les plus intrépides de tous les hommes, et si je ne les admire pas autant pour leur talent, je les admire toujours pour leur courage. Je me disais à moi-même alors que je n'aurais jamais ce courage, et que si par hasard je me hasardais à publier un jour quelques-uns de ces vers que j'écrivais de temps en temps par trop-plein et par oisiveté, je cacherais éternellement sous l'anonyme cette voix qui soupirait en moi, et qui perdrait de son intimité et de son harmonie du moment qu'elle saurait qu'on l'écoute et qu'elle n'aurait plus le secret pour abri de sa pudeur.

Et cependant j'écrivais de temps en temps quelques élégies ou quelques méditations. Mes amis m'en dérobaient des fragments, qui circulaient, à mon insu, dans les mains de quelques jeunes femmes. Ces vers passaient de là jusque sur la table de M. de Talleyrand et dans le cabinet de Louis XVIII. Ce prince souhaitait un Racine à son règne pour compléter son imitation de Louis XIV. On me rapportait des mots encourageants qu'il avait dits sur cette poésie nouvelle à madame de Raigecourt, ancienne compagne de madame Élisabeth, pleine de bontés vraiment maternelles pour moi. Mais je n'allais à aucune cour; je ne voyais jamais ni le roi ni les princes. J'étais né sauvage et libre; je n'aimais pas à descendre pour monter. Louis XVIII ne se doutait même pas que ce jeune inconnu, dont il voulait bien goûter les premiers vers, était un de ces jeunes gardes qu'il avait souvent regardé dans son salon, et qui avait galopé si souvent dans la poussière de ses roues à la portière de sa voiture.

J'avais eu même un jour avec le roi un rapport de hasard plus particulier et plus intime. Il aimait les arts, il se connaissait en tableaux. Il voulut, dans les premières semaines de son règne, visiter à loisir son musée du

Louvre. Il fit appeler M. Denon et M. de Forbin, directeur de ce musée, pour servir d'interprètes entre ces chefs-d'œuvre et lui. Il consacra une matinée entière à cette visite. J'étais de service dans la salle des Maréchaux. Le hasard me fit désigner pour le suivre. Il s'assit dans un fauteuil à roulettes traîné par deux valets de pied, et il passa, pendant trois heures, la revue des statues et des tableaux. Je marchais l'épée à la main à côté de lui. Il me regardait souvent avec intérêt, et il demanda même mon nom tout bas au maréchal Berthier, capitaine des gardes. Il fut étincelant d'esprit, d'à-propos, de citations, de mémoire, d'érudition pendant ce long entretien avec M. Denon et M. de Forbin. Il ne m'adressa jamais la parole, mais j'entendais tout, et malgré la sévérité de ma consigne et l'infériorité de mon attitude, ma physionomie et mon sourire involontaire exprimaient quelquefois mon admiration pour tant d'heureuses reparties. Ces sourires irrespectueux ne paraissaient pas l'offenser. On voyait qu'il ne négligeait rien pour charmer la France et qu'il ne négligeait pas même l'étonnement et l'admiration d'un enfant.

Mon nom, que le maréchal Berthier lui avait dit, s'enfuit sans doute un instant après de sa mémoire. Quand il me fit écrire, quelques années plus tard, par M. *Siméon*, son ministre de l'intérieur, pour m'exprimer le plaisir qu'il avait eu à lire mes premiers vers, il ignorait et il ignora toujours que ces vers étaient l'œuvre du jeune garde dont il avait désiré savoir le nom au Louvre, et qu'il avait depuis longtemps perdu de l'œil et oublié.

DEUXIÈME PARTIE.

POÉSIE.

I

Ce fut pendant un hiver de bonheur et de solitude, à Paris, que je conçus le plan d'un long poëme dont j'ébauchais cinq ou six chants pendant le repos de mon cœur et de mon esprit.

Le hasard m'en fait retrouver quelques fragments bien indignes du regard des lecteurs, et bien humiliants pour ce titre immérité de poëte qu'on m'a donné depuis.

Ce devait être l'histoire de l'âme humaine et de ses transmigrations à travers des existences et des épreuves successives depuis le néant jusqu'à la réunion au centre universel, Dieu.

Ce fragment décrit la décrépitude de la terre et la décadence du genre humain.

POËME DES VISIONS

FRAGMENTS

PREMIÈRE VISION.

Et l'esprit m'emporta sur le déclin des âges :
Quel est cet astre obscur qui, du sein des nuages,
Laissant glisser un jour plus morne que la nuit,
Écarte à peine l'ombre où sa main me conduit ?
— C'est le soleil, mon fils! ce roi brillant des sphères!
— Quoi! c'est là le soleil qu'ont adoré nos pères?
C'est là ce dieu du jour qui, du sommet des cieux,
D'un seul de ses rayons éblouissait nos yeux;
Qui, le front rayonnant de jeunesse et d'audace,
Et des portes du jour s'élançant dans l'espace,
De son premier regard éclipsait dans les airs
Ses rivaux pâlissants du feu de ses éclairs;
De la terre éblouie illuminait les cimes,
Comme un torrent de flamme inondait ses abîmes,
Faisait monter l'encens, faisait naître les fleurs,
Jetait sur l'Océan ses flottantes lueurs,
Et, mêlant sa lumière aux vagues de ses plages,
D'une brillante écume éclairait les rivages?
Se peut-il qu'à ce point cet astre ait défailli?
Depuis quand? Par quel sort? — Mon fils, il a vieilli.
Tout vieillit dans le ciel ainsi que sur la terre;
Ce grand foyer des jours depuis longtemps s'altère.
Faible et d'un pas tardif se traînant dans son cours,
Il ne dispense plus les saisons ni les jours

Comme aux temps fortunés où le regard du sage
Par les signes du ciel prédisait son passage,
Et, soumettant sa marche à son hardi compas,
Marquait l'heure aux humains par l'ombre de ses pas!
Il ne mesure plus ni les mois ni les heures;
Mais, parmi les débris de ses douze demeures,
Égarant au hasard son cours capricieux,
D'un pas irrégulier serpentant dans les cieux,
Tantôt dardant ses feux pendant des jours sans nombre,
Il refuse aux vallons le doux abri de l'ombre,
Brûle une terre aride, et, dévorant les eaux,
Dans ses flancs altérés fait tarir les ruisseaux;
Tantôt se dérobant sous des ombres funèbres,
Il livre la nature à de longues ténèbres;
Et l'homme épouvanté d'un regard incertain
Attend en vain l'aurore aux portes du matin!
— Et la terre? lui dis-je en voilant mon visage.
— Viens et vois! dit l'Esprit. Soudain comme un orage,
De la cime des monts fondant sur les guérets,
Emporte en tournoyant la feuille des forêts,
La promène en son vol du couchant à l'aurore,
La quitte, la reprend et la rejette encore;
Ainsi, planant de loin sur la terre et les mers,
Son souffle impétueux m'emporte dans les airs,
Et mon œil, du soleil suivant la route oblique,
Traverse à l'équateur les flots de l'Atlantique,
Vole d'un pôle au pôle, et s'abat tour à tour
Aux bords où naît l'aurore, où va mourir le jour!
— Quelle est vers l'Occident cette immense contrée
Par l'abîme des eaux du monde séparée,
Et qui, d'un pôle à l'autre étendant ses déserts,
Presse autour de ses flancs la ceinture des mers?
Sur les routes de l'onde autour d'elle semées,
Cent îles reposant sur des vagues calmées,
Ainsi que des vaisseaux qui flottent vers des ports,
Semblent avec amour s'approcher de ses bords!
Jeune et dernier enfant qu'ait porté la nature,
Ses monts ont conservé leur verte chevelure;
Ses fleuves, ombragés du dôme de ses bois,
Élèvent jusqu'à nous leurs mugissantes voix!
Sans doute qu'en ces lieux, choisissant leurs asiles,
Les enfants de l'Europe ont élevé leurs villes,
Donné des noms chéris à ces nouveaux remparts,
Et transporté leurs dieux, leur empire et leurs arts?
— Insensé! dit l'Esprit: C'est la terre féconde,
Où l'aquilon poussa les vaisseaux du vieux monde,
Quand déjà ses enfants, rebut des nations,
Emportaient avec eux des malédictions!
En vain il aborda dans ces champs de délices,
L'homme dégénéré n'y sema que ses vices.
La licence, l'erreur, les peuples et les rois,
De ce monde naissant corrompirent les lois;
Et, souillé sur ces bords par le sang des victimes,
L'arbre heureux de la foi n'y porta que des crimes.
En vain, dans ces forêts, des peuples transplantés
Y fondèrent des lois, des trônes, des cités.
Ces empires d'un jour l'un l'autre se chassèrent;
Les générations comme l'ombre y passèrent.
Tel qu'un fruit corrompu qui tombe avant le temps,
La terre y secoua ses rares habitants;
L'Océan engloutit ces races criminelles,
Leurs projets insensés périrent avec elles,
Et, confiant aux vents la garde de ces mers,
Le silence éternel rentra dans ces déserts!
Fière et libre à présent du vil poids qui l'oppresse,
La nature y triomphe en sa mâle jeunesse;
Le cèdre monte en paix sur les vallons flétris,
L'Océan de ses ports y ronge les débris,
Et la terre, du moins dans son luxe sauvage,
Au Dieu qui la créa rend un plus digne hommage!
Il dit, et sur les flots de nouveau s'élança
Jusqu'aux sommets de l'Inde où son vol s'abaissa,
Sur l'antique Immaüs, dont le front large et sombre
Couvrait aux anciens jours des peuples de son ombre,
Et versait à ses pieds de ses rameaux divers
Sept fleuves dont les flots allaient grossir trois mers!
De là, mon œil, suivant leur onduleuse pente,
Sur les champs de l'Asie avec leurs flots serpente!
Cherche Tyr ou Memphis, ou le tombeau d'Hector,
Salue avec des pleurs l'olivier du Thabor,
Redemande au désert les traces de Palmyre,
Ces jardins suspendus que Babylone admire,
Revoit Jérusalem, ses cyprès, son Jourdain,
Et cette tombe où dort l'espoir du genre humain!
Le silence et le deuil régnaient sur ces collines,
Les fleuves serpentaient à travers des ruines,
Le sable du désert, volant en tourbillons,
Traçait au gré des vents ses livides sillons,
Des peuples disparus effaçait les ouvrages:
Seule, élevant sa tête au-dessus des nuages,
La pyramide assise au milieu de ce deuil,
Des enfants de Memnon magnifique cercueil,
Brise comme un écueil le sable qu'elle arrête!
Et sur les flots mouvants qu'agite la tempête,
Seul et dernier témoin d'un peuple anéanti
Flottait comme le mât d'un navire englouti!
Voilà ces monts glacés d'où descendait l'aurore;
De son pâle reflet l'astre les frappe encore!
Mais leurs fronts, dépouillés par l'aile des autans,
Semblent s'être abaissés sous le fardeau du temps!
Ici teignant leurs pieds d'une écume azurée,
Le Rhône en bouillonnant sillonne la contrée
Où, s'avançant vers lui par d'obliques détours,
La Saône en serpentant fait douter de son cours,
Se rapproche, s'éloigne et revient avec grâce
S'unir en murmurant au fleuve qui l'embrasse.
En remontant le cours de ces tranquilles eaux,
Je vois à l'occident onduler ces coteaux
Dont les sommets, pareils aux vagues écroulées,
Semblent en se courbant fondre sur les vallées.
C'est là que je naquis; voilà l'humble séjour
Où mon regard s'ouvrit à la beauté du jour;

Sur le flanc décharné de cette humble colline,
Le lierre embrasse encore une antique ruine.
C'était... Pardonne aux pleurs qui tombent de mes yeux,
C'est un dernier débris du toit de mes aïeux!
De là, longeant les bords de la mer de Tyrrhène,
Il s'abat comme un aigle au sommet de Pyrrhène,
Me montre avec horreur aux rives de deux mers
L'Ibérie étalant ses monuments déserts.
L'Alhambra, fier encore de ses splendeurs antiques,
Prolongeait sous mes pieds ses élégants portiques,
Où l'Arabe, accouplant les gracieux arceaux,
A façonné le marbre en flexibles berceaux.
« Deux peuples ont bâti ces murs que tu contemples!
« L'Arabe et le chrétien ont prié sous ces temples!
« Les pierres sont debout : les peuples ont passé! »
Il dit, et franchissant Pyrrhène au front glacé,
D'un vol irrégulier serpentant dans la plaine,
Le souffle impétueux m'emportait vers la Seine!
Mais, quand du haut des airs mes regards effrayés
Reconnurent ces bords qui fuyaient sous mes pieds :
Que de ton vol ardent la course se modère,
Lui dis-je, et de plus près rasons ici la terre!
Laisse-moi rechercher dans ces vallons flétris
Des lieux où j'ai passé les vestiges chéris :
C'est ici que d'ombrage et de fleurs embellie,
Le terre m'apparut, au matin de ma vie,
Comme un lieu permanent où l'homme avant le soir
Pouvait sur de longs jours fonder un long espoir!
C'est ici que plus tard, dans l'été de mon âge,
Trouvant un port tranquille après un long orage,
Dans le sein de l'amour entraîné par l'hymen,
Et cultivant les fruits de mon champêtre Éden,
Dans le calme des nuits recueillant mon délire,
Au Dieu qui l'inspirait je consacrais ma lyre!
Là je voyais jouer sur le gazon des prés
De nos chastes amours les présents adorés!
Là je plantais pour eux le chêne au large ombrage,
Dont le dôme éternel, élargi d'âge en âge,
Devait, prêtant son ombre aux fêtes du vallon,
Porter de fils en fils mes bienfaits et mon nom!
Là je semais l'épi; là je creusais la rive
Où mes soins enchaînaient une onde fugitive!
Le temple du Seigneur s'élevait sur ces bords;
Là veillait le pasteur sur la cendre des morts!
Là dormaient ses aïeux; là, l'humble croix de pierre
De son ombre immobile a couvert leur poussière!
Ses débris mutilés couvrent encor leurs os!
Mânes! goûtez en paix ce reste de repos!
Bientôt... Mais, m'arrachant des lieux de ma naissance,
L'Esprit impatient me gourmande et s'élance,
Et vers les champs déserts de l'antique Paris
Me jette épouvanté sur d'immenses débris.
C'était l'heure où jadis, au réveil de l'aurore,
Les rayons précurseurs du jour qui vient d'éclore
Teignant les dômes saints de douteuses clartés,
Un bruit immense et sourd s'élevait des cités!
Comme on dit qu'à l'aspect de la céleste flamme
Le marbre de Memnon résonne et prend une âme,
L'airain, retentissant au sommet de ses tours,
Des fidèles au temple appelait le concours;
Le prêtre, accompagné des célestes cantiques,
Guidait la foule errante autour des saints portiques.
Le clairon belliqueux résonnait : à sa voix,
Les guerriers qui veillaient aux barrières des rois,
Ceignant des feux du jour leur cuirasse frappée,
Comme un rempart d'acier s'alignaient sous l'épée;
La chute du marteau, le roulement des chars,
De leurs bruits discordants ébranlaient les remparts;
Les bornes des palais laissaient tomber leur chaîne,
Les gonds d'airain criaient sous les portes de chêne;
Et, comme un fleuve immense et grossi dans son cours,
La foule s'écoulait pour le travail des jours.

Mesure, dit l'Esprit, les vanités du monde.
Il dit : Je ne vis plus qu'une forêt profonde,
Qui, d'un fleuve fangeux couvrant les bords obscurs,
Croissait languissamment sur le bord de ses murs;
Le flot, triste et dormant sous son arche écroulée,
D'un murmure plaintif remplissait la vallée,
Où la Seine, jadis reine de ces beaux lieux,
Roulait avec amour dans son sein orgueilleux
Les ombres des palais qui couronnaient les rives,
Et sous des ponts d'airain pressant ses eaux captives,
Se hâtait d'embrasser dans ses mille replis
Ces murs par qui ses flots se sentaient ennoblis!
Mais, recherchant en vain quelque ombre de sa gloire,
Ces lieux avaient perdu jusques à sa mémoire,
Et son cours, égaré de déserts en déserts,
Traînait des flots sans nom vers la pente des mers.
Seulement sur ses bords, de distance en distance,
Monument de sa gloire et de sa décadence,
Un portique, un débris s'élevant sur les bois,
Semblaient par leur aspect lui parler d'autrefois!
Et du sommet miné d'une arche triomphale,
Sous le vol des oiseaux roulant par intervalle,
La pierre, d'un bruit sourd éveillant les échos,
Traçait, en s'abîmant, un cercle dans ses flots.
Je suivais à pas lents ses détours dans la plaine,
Écartant d'une main les jets pliants du chêne;
De l'autre j'arrachais des débris effacés
De la ronce aux cent bras les fils entrelacés;
Je cherchais à fixer les lettres et les nombres,
Comme on cherche la vie, hélas! parmi des ombres.
Là, le Louvre abaissant ses superbes créneaux
Cachait ses fondements parmi d'humbles roseaux;
Sur les tronçons brisés de ses larges arcades
Le lierre encor traçait de vertes colonnades,
Et croissant au hasard sur des chiffres chéris,
Le lis pétrifié s'ouvrait sur ces débris.
Là, d'un temple détruit couronnant les portiques,
Deux tours penchaient encor leurs ponts mélancoliques,

Mais, suspendant leurs nids aux voûtes du saint lieu,
Les oiseaux chantaient seuls dans la maison de Dieu.
Ici croissait l'ortie; ici la giroflée
Penchait sur les débris sa corolle effeuillée;
Là le buis éternel de ses sombres rameaux
Nouait comme un serpent le marbre des tombeaux.
Là, sous le vert cyprès dormait, couché dans l'herbe,
Le buste mutilé d'un conquérant superbe,
Ou les marbres épars de tous ces dieux mortels
Dont la Grèce crédule éleva les autels,
Et qui, fuyant ici des bords de l'Ionie,
Y recevaient encor le culte du génie!
Plus loin, d'un front sublime allant toucher les cieux,
D'un règne passager monument orgueilleux,
La colonne d'airain, plus forte que les âges,
Autour de son sommet voit gronder les orages,
Et sur ses larges flancs porte en lettres de fer
Des exploits que la rouille est prête d'étouffer.
Sans doute ici d'un roi s'élançait la statue;
Mais l'autel est debout, l'idole est abattue;
Sur son faîte isolé, roi des champs d'alentour,
Un aigle solitaire a choisi son séjour:
Il y plane, il s'y pose, et, sous sa large serre
Embrassant ce débris des foudres de la guerre,
Sur ce sanglant trophée où son aire est assis
Semble se souvenir d'avoir régné jadis!

Quoi! d'un peuple éternel voilà donc ce qui reste!
Voilà sa trace; à peine un débris nous l'atteste!
C'est d'ici que, régnant sur l'Occident soumis,
Ce peuple, qu'adoraient même ses ennemis,
Vit pendant deux mille ans les arts ou la victoire
Étendre tour à tour son empire ou sa gloire!
Là régnèrent ces rois redoutés ou chéris,
Ces Louis! ces François! ces Charles! ces Henris!
Dont la main, tour à tour imposante ou facile,
Sut modérer le frein de ce peuple indocile,
Princes qui, par la guerre ou les arts couronnés,
Imposèrent leurs noms aux siècles étonnés!
Là, ces prêtres sortis des sacrés tabernacles
Dont l'Eglise agitée implorait les oracles,
Ébranlant les palais des foudres de leurs voix,
Tonnaient au nom du ciel sur les crimes des rois!
Là, ces preux appuyés sur leur vaillante épée,
Partant pour conquérir une tombe usurpée,
Ne demandaient pour prix de leurs nobles combats
Qu'un signe de salut qui bénit leur trépas,
Ou qui n'en rapportaient, dépouille auguste et sainte,
Que du sang du Sauveur un peu de terre empreinte!
Là, ces chantres fameux dont les divins accords
Attiraient les enfants des peuples vers ces bords,
Et sur le monde épris de leur mâle harmonie
Faisaient parler leur langue et régner leur génie!
Là, ces tribuns, l'amour, l'horreur des nations,
Soufflant contre les lois le feu des factions,
Soulevés, déchirés par des mains forcenées,
Subissaient les fureurs qu'ils avaient déchaînées!
Là, ce nouveau César, dont la terrible main,
Sur son siècle indompté jetant un joug d'airain,
Comme un subit éclair sort du choc des nuages,
S'élançait triomphant du sein de ces orages,
Du fer qu'elle a forgé frappait la liberté!
Puis, tombant sans empire et sans postérité,
Semblable au feu du ciel qui dévore et qui passe,
Ne laissait qu'un trophée et du bruit sur sa trace.

Et maintenant couverts des ténèbres du temps,
Ces lieux sans souvenirs, sans voix, sans habitants,
Ont oublié les pas et les œuvres de l'homme
Et n'entendent pas même une voix qui les nomme!
J'allais pleurer sur eux, mais l'Esprit: — Que fais-tu?
Ménage, me dit-il, ta force et ta vertu;
Va! dans ces jours d'épreuve, et de deuil et d'alarmes,
Pleure sur les vivants, s'il te reste des larmes!
Il dit; et, vers le nord m'emportant dans les airs,
Il me montra de loin un rocher sur les mers.
Voilà cette Albion, cette reine des ondes,
Dont les vaisseaux légers, messagers des deux mondes,
Ouvrant leur aile immense aux fougueux aquilons
Se jouaient sur les eaux comme des alcyons!
Ses fils régnaient partout où règnent les tempêtes!
Ses filles, de l'Europe embellissant les fêtes,
Respiraient l'innocence, et dans leurs chastes yeux
Réfléchissaient l'azur de la mer et des cieux,
Et, dénouant aux vents leurs chevelures blondes,
Aimaient à soupirer au murmure des ondes!
Hélas! elle a péri comme Tyr et Sidon,
Et les flots qu'elle brise ont oublié son nom!
Il disait; et déjà, sur les rives profondes
Où du sang des humains le Rhin teignait ses ondes,
Il reprenait sa course, et du sommet des airs
Me montrait vers le nord ces empires déserts
Qui, sous des cieux glacés où languit la nature,
Formaient autour du pôle une étroite ceinture.
Bords affreux qu'aux rigueurs d'un éternel hiver
L'homme osa conquérir et ne put conserver!
Leur faux éclat ne fut qu'un brillant météore,
Pareil aux feux trompeurs de cette fausse aurore
Qui, de leur longue nuit perçant l'obscurité,
Teint leur sombre horizon d'un moment de clarté!
Puis, franchissant les monts de la verte Helvétie,
Il rase, en serpentant, les plaines d'Italie,
Traverse l'Apennin, voit l'Arno dans son cours
De ses bords dépeuplés embrasser les contours,
Comme un cygne des lacs que le printemps ramène
Voit son aile briller dans l'eau du Trasimène,
Me montre, en souriant, à l'horizon lointain
Le Soracte éclairé des rayons du matin,
Longe les verts coteaux de la fraîche Sabine,
Vers la rive des mers d'un vol pressé décline,

Voit des déserts semés de superbes débris,
Traverse un fleuve étroit aux flots presque taris,
Et, s'abattant enfin sur les remparts de Rome :
Voilà, s'écria-t-il, le dernier sort de l'homme!
C'est ici que, fuyant la mort de toutes parts,
De mille nations quelques restes épars
Par le souffle de Dieu balayés sur ces rives,
Cachent dans ces débris leurs tribus fugitives,
Soit que du sang sacré ces bords encor fumants
Résistent plus longtemps aux chocs des éléments,
Soit que l'esprit fatal dont le monde est l'empire
Ne les ait réunis que pour mieux les séduire!
Tous les enfants d'Adam rassemblés dans ce lieu
Attendent dans l'effroi le jour, le jour de Dieu!
Tu l'as voulu, mon fils! tu le verras, mais pleure!
Il dit, reprend son vol, s'éloigne, et je demeure
Seul, invisible, errant comme une ombre sans corps,
Qui, s'échappant la nuit de la foule des morts,
Revient aux lieux chéris où l'instinct la rappelle
Chercher s'il est un cœur qui se souvienne d'elle,
Sur celui qu'elle aimait jette un œil éperdu,
Et désire de voir et tremble d'avoir vu.
Ainsi, de Romulus parcourant les collines,
Je cherchais les vivants cachés dans leurs ruines;
Je suivais, je comptais les rares habitants,
Seuls débris échappés au naufrage du temps;
Invisible témoin de leur funèbre drame,
J'entendais leurs discours, je lisais dans leur âme,
Et, frissonnant comme eux de tristesse et d'effroi,
Je m'écriais en vain : Esprit, emportez-moi!

Hélas! mes yeux à peine avaient reconnu Rome;
Cet asile des dieux, ce chef-d'œuvre de l'homme,
N'étalait plus alors dans ces vastes remparts
Ces temples, ces palais des dieux et des Césars;
Les mortels abrités sous ses débris antiques
N'élevaient plus au ciel de somptueux portiques;
Attendant tous les jours le dernier de leurs jours,
Ils n'embellissaient plus leurs précaires séjours,
Le soc ne fendait plus leurs tristes héritages;
Qu'importaient de leurs champs les fruits ou les ombrages
A ces êtres déchus, dont l'espoir incertain
Ne s'étendait, hélas! qu'à peine au lendemain?

Ni les lois, ni les mœurs, ni la crainte des peines
De la société ne gouvernaient les rênes;
La liberté sans frein et la force sans droits
Remplaçaient dans ses murs peuple, tribuns et rois;
Chaque jour, chaque instant voyait un nouveau maître
Renaître pour périr et périr pour renaître.
Point de culte commun : sur des autels d'un jour
Chacun créant son Dieu, le brisant à son tour,
Mesurant à sa peur ses lâches sacrifices,
Avait autant de dieux qu'il rêvait de supplices!

Seulement, quelquefois, de l'enfer ou du ciel
Descendant ou montant sous les traits d'un mortel,
Un ange de lumière, un esprit de ténèbres
Effrayant les esprits de prodiges funèbres,
Troublant les éléments, commandant au trépas,
Entraînaient un moment les peuples sur leurs pas,
Puis, s'évanouissant comme une ombre légère,
Ils les abandonnaient à leur propre misère,
Confondaient à leurs yeux l'erreur, la vérité,
Et semblaient se jouer de leur crédulité!

Ainsi sans lois, sans arts, sans culte, sans patrie,
Privés des doux travaux qui fécondent la vie,
Les hommes, fatigués de leur morne loisir,
Traînaient des jours affreux sans espoir, sans désir,
Des nobles passions, aliment de nos âmes,
Dans leurs cœurs assoupis ne sentaient plus les flammes;
Une seule pensée, un morne sentiment,
De leurs esprits glacés immuable tourment,
Semblable au poids affreux que dans l'horreur d'un rêve
De son sein qu'il oppresse un malade soulève,
La crainte, remplaçant liens, patrie, amour,
Régnait seule à jamais sur leur dernier séjour,
Sevrait les tendres fruits des baisers de leurs mères,
Arrachait la beauté des deux bras de leurs pères,
Et des hommes frappés d'une muette horreur
Changeait l'amour en haine et la crainte en fureur.
Tantôt on les voyait dans un sombre silence
Traîner de leurs longs jours la stupide indolence,
Assis sur les débris d'un temple profané,
Les bras croisés, l'œil fixe et le front incliné;
Tantôt, fuyant en vain leur vague inquiétude,
Chercher des souterrains l'horrible solitude,
Et, maudissant du jour l'inutile flambeau,
S'ensevelir vivants dans la nuit du tombeau;
Puis, saisis tout à coup d'un bizarre délire,
S'abandonner sans cause aux accès d'un fou rire,
Se chercher, s'embrasser, pousser d'horribles cris,
Se couronner de fleurs, danser sur des débris;
Comme pour dérober une heure à leurs supplices,
Se hâter d'inventer de nouvelles délices,
D'un regard impudique outrager la beauté,
Mêler les ris, les pleurs, la mort, la volupté,
Et puiser dans le sein de leur fatale ivresse
Un bonheur plus affreux encor que leur tristesse.

Cependant, quand le cri de leurs pressants besoins
Pour soutenir leurs jours sollicitait leurs soins,
On ne les voyait pas, levés avant l'aurore,
Coucher le blond froment sur le sillon qu'il dore,
Des épis desséchés dérouler les faisceaux,
Faire jaillir le grain sous les bruyants fléaux,
Recueillir en chantant les doux présents des treilles,
Dérober aux forêts le nectar des abeilles,

Fouler d'un pied rougi par le suc du raisin
Le pressoir ruisselant des flots ambrés du vin,
Ni du fanon gonflé des fécondes génisses
Faire écumer le lait dans de brillants calices.
Tous ces dons prodigués au travail des humains
Semblaient s'être taris sous leurs coupables mains;
Les arbres languissants sans séve et sans culture,
N'étalant qu'à regret une rare verdure,
Aux feux d'un astre éteint ne voyaient plus mûrir
Ces fruits qu'à nos besoins leurs bras semblaient offrir!
Les animaux rendus à leur indépendance,
De l'homme dégradé dédaignant la présence,
Ne reconnaissaient plus sur son front profané
Le signe du pouvoir dont Dieu l'avait orné;
Le taureau, brandissant sa corne menaçante,
Ne tendait plus au joug sa tête obéissante;
L'étalon indompté ne mordait plus le frein;
L'agile lévrier ne léchait plus sa main;
Le coq, abandonnant le seuil de ses demeures,
Au pâtre vigilant ne chantait plus les heures;
La fidèle colombe avait fui dans les bois,
Et l'oiseau domestique, offrayé de sa voix,
Ne venait plus lui pondre au retour de l'aurore
Ces doux fruits de son nid, ravis avant d'éclore!
Mais seul, abandonné de ses sujets divers,
Ce roi des animaux, de la terre et des mers,
Errant sur les confins de son stérile empire,
Allait, sur les rochers où l'Océan expire,
Recueillir pas à pas, pour soulager sa faim,
Ces vils rebuts des mers rejetés de son sein,
Ces reptiles des eaux, ces impurs coquillages
Que balayaient les flots sur le sable des plages.
En fouillant les débris des murs abandonnés,
Des autels, des tombeaux par ses pas profanés,
Du marbre verdoyant de ces vieilles ruines
Ses négligentes mains arrachaient des racines,
De ces vils aliments composaient son repas,
Que le nectar de l'homme, hélas! n'arrosait pas.

Ainsi dans les horreurs d'une longue agonie
Végétaient ces enfants d'une race bannie;
Une éternelle attente empoisonnait leurs jours;
Mille étranges rumeurs occupaient leurs discours!
Tantôt, pour détourner les fléaux de leurs têtes,
Le fer avait parlé par la voix des prophètes,
Il demandait du sang, des prêtres, des autels,
Promettant à ce prix d'épargner les mortels;
Et la terre, à jamais de son dieu délivrée,
Aux esprits infernaux allait être sacrée!
Tantôt les ouragans avaient pris une voix
Ou l'éclair dans le ciel avait tracé la croix!
Déjà les éléments, lui rendant leur hommage,
A la voix d'un vieillard avaient soumis leur rage.
Les astres avaient lui, l'onde avait reculé,
Les airs s'étaient calmés, la terre avait tremblé,
Où les morts échappés de leurs bières funèbres
Avaient crié: Salut! dans l'horreur des ténèbres;
Mais depuis le matin du dernier de ces jours
Un prodige plus grand occupait leurs discours.
Un homme, car ses traits du moins étaient d'un homme,
Inconnu des vivants avait paru dans Rome!
Jeune, beau, tel enfin que les hommes pieux
Jadis voyaient passer les messagers des cieux.
Son front pur et serein, ses traits ornés de grâces,
Du malheur des humains ne portaient point les traces;
Ses yeux demi-baissés à travers leur azur
Laissaient lire la paix d'un cœur tranquille et pur,
Et son regard brillant d'amour et d'espérance
Avait des anciens jours le calme et l'innocence!
Le duvet de sa joue à peine se montrant,
Le sourire ingénu sur ses lèvres errant,
La candeur de son front et les tresses bouclées
De l'or de ses cheveux sur son cou déroulées,
Marquaient cet âge heureux, ce matin de nos jours,
Où l'astre de la vie, en commençant son cours,
Sur les traits indécis de l'homme enfant encore
Mêle aux feux du midi les teintes de l'aurore!
Cependant le bâton qui pliait sous sa main,
Ses pieds qu'avait blessés la longueur du chemin,
Ses vêtements couverts de fange et de poussière,
La fatigue du jour pesant sur sa paupière,
Et de son front pâli la brûlante sueur,
Tout donnait à ses traits l'aspect d'un voyageur
Qui, marchant nuit et jour vers des plages lointaines,
Arrive avec effort au terme de ses peines!
Mais sur la terre encor qui pouvait voyager?
D'où venait, où tendait ce divin étranger?
Était-il donc encor sur quelque heureuse plage
Un peuple, une famille échappé du naufrage,
Qui dans un doux asile, à l'ombre du Seigneur,
Des enfants de la terre ignorât le malheur?
Cet enfant inconnu de ces heureuses terres
Venait-il en montrer le chemin à ses frères?
Au monde racheté d'un déluge nouveau
Apportait-il au moins le céleste rameau?
Était-ce un homme, un ange, ou l'un de ces fantômes
Qui sortaient quelquefois des funèbres royaumes
Pour se faire adorer des crédules humains?
Nul ne pouvait fixer leurs pensers incertains,
Car à peine avait-il sur ce séjour d'alarmes
Promené quelque temps ses yeux mouillés de larmes,
Et par des mots épars, sur sa bouche expirants,
Interrogé de loin les tristes habitants,
Qu'éclatant en sanglots, se frappant la poitrine,
Et traçant sur son front une image divine,
Saisi d'étonnement, de doute ou de terreur,
Il s'en était enfui poussant un cri d'horreur,
Et, frappés de ses traits pâlis par ses menaces,
Les hommes effrayés avaient perdu ses traces!
Maintenant enflammé d'un désir curieux,
Le peuple en grossissant le cherchait en tous lieux,

Et fouillant les rochers, les antres, les ruines,
De ses longs hurlements frappait les sept collines!
Mais la nuit tout à coup, en descendant des airs,
Plongea dans le silence et l'homme et l'univers!

Ce n'étaient plus ces nuits, sœurs du jour, dont les ombres
Voilant sans les cacher les horizons plus sombres,
Descendaient pas à pas du dôme obscur des cieux,
Et d'un jour plus égal charmaient encor nos yeux,
Alors que rayonnant sur l'azur de ses voiles,
Les paisibles lueurs des tremblantes étoiles
Voyaient les doux reflets de leurs pâles flambeaux
Dormir sur les gazons ou flotter sur les eaux!
Le disque irrégulier de l'astre aux deux visages
Ne guidait plus leur foule à travers les nuages;
Il ne consolait plus de ses tendres regards
Les débris dispersés des grandeurs des Césars.
Frappant du Vatican les longues colonnades,
Ses rayons prolongés sous l'ombre des arcades
Ne montraient plus de loin au regard attristé
Les fantômes épars de l'antique cité,
Et passant par degrés sur les saintes collines,
N'y faisaient plus grandir l'ombre de leurs ruines!
Ces soleils de la nuit du pilote connus,
Saturne, Jupiter, Mars, la chaste Vénus,
Et ceux que les pasteurs, levés avant l'aurore,
Comme des fleurs du ciel voyaient jadis éclore,
Ayant déjà rempli leur précoce destin,
N'éclairaient déjà plus le soir ni le matin;
Mais une nuit glacée, universelle, obscure
Comme un voile de deuil tombant sur la nature,
Enveloppait soudain de son obscurité
Et le ciel, et la terre, et l'homme épouvanté.
Ses yeux, en vain levés vers les voûtes funèbres,
Retombaient accablés du poids de ces ténèbres;
Et le monde muet, sans ciel et sans flambeau,
Restait comme endormi dans la nuit du tombeau!

SECONDE VISION.

Qu'êtes-vous devenus, voluptueux rivages,
Collines de Tibur, antres frais, verts bocages,
Où l'Anio, tombant en liquides cristaux,
Répandait dans les airs la fraîcheur de ses eaux?
Beaux arbres dont l'hiver respectait la verdure,
Cascades dont Mécène adorait le murmure,
Jardins où les Césars, lassés de leur splendeur,
Fuyaient et retrouvaient leur fatale grandeur,
Ruisseaux, vallons obscurs, grottes, humbles retraites,
Qui prêtiez du silence et de l'ombre aux poëtes,
Où Tibulle, où Virgile, amoureux de vos bords,
Exhalaient leur belle âme en immortels accords,
Où leur ami voyait avec un doux sourire
La sagesse et l'amour se disputer sa lyre,
Et dans leurs douces mains la livrant tour à tour,
D'un bonheur nonchalant jouissait jour à jour?

Hélas! j'ai vu moi-même, après deux mille années,
Par l'homme et par le temps ces rives profanées
N'offrir dans leur tristesse et dans leur nudité
Qu'un triste monument de leur caducité.
L'antiquaire y fouillait sous la ronce et l'épine
La poudre des tombeaux, la pierre des ruines,
Et foulant sous ses pieds la cendre des héros,
De leurs noms oubliés laissait d'ingrats échos!
Des générations rapides, ignorées,
Avaient passé, sans trace, en ces mêmes contrées,
Et vers l'éternité précipité leur cours,
Semblables à leurs flots qui débordent toujours!
Les hommes n'étaient plus; les dieux, les dieux eux-même
Étaient avec le temps tombés du rang suprême;
D'autres dieux les avaient chassés de leurs autels;
Les vils lézards rampaient sur leurs noms immortels;
Du beau temple où Tibur évoquait sa sibylle,
La croix couvrait le dôme et consacrait l'asile;
La chasteté veillait au parvis de Vénus,
Et dans ces bois souillés du nom d'Antinoüs,
Sur les débris épars de ces mêmes demeures
Où la lyre d'Horace avait charmé les heures,
Le solitaire errant chantait à demi-voix
L'immortel testament d'un Dieu mort sur la croix,
Et la cloche du soir, dans le ciel balancée,
D'un pieux souvenir éveillant la pensée,
Tintait de l'angelus l'harmonieux soupir,
Comme un adieu plaintif du jour qui va mourir!
Mais alors l'Anio sous ces voûtes profondes
De rochers en rochers jetait encor ses ondes;
Au pin pyramidal les pâles peupliers
S'entrelaçaient encor sur de riants sentiers;
D'un radieux couchant les vapeurs empourprées
Baignaient de Tusculum les cimes azurées,
L'Océan sans rivage en bornait l'horizon;
Mille débris sacrés y jonchaient le gazon,
Et les yeux, enivrés de ces sublimes scènes,
Retrouvaient quelques pleurs pour les grandeurs humaines.
Le voyageur assis sur un cype effacé
Cherchait à l'horizon la ville du passé,
Et de cette grande ombre à ses yeux transformée
Voyait monter encor l'éternelle fumée!

Maintenant le sol même avait péri : les yeux
Ne reconnaissaient plus la nature et les cieux.
La terre avait tremblé; dans le sein des vallées,
Les monts avaient baissé leurs têtes écroulées
Sur ce lit où le fleuve avait perdu ses eaux;
Les bois n'étendaient plus leurs ombrageux rameaux.
Un silence éternel, effroi de la nature,
Régnait seul où régnait son éternel murmure.
L'Océan semblait mort, le ciel vide, et pour l'œil
L'horizon n'était plus que solitude et deuil.
De rochers entassés une ceinture énorme,
De monts déracinés débris sombre et difforme,
Semblait avoir fermé d'un invincible mur
Ce fortuné vallon qui fut un jour Tibur :
Formidable rempart, vaste amas de ruines,
Qu'en leurs convulsions les monts et les collines
Avaient confusément l'un sur l'autre entassé
Et de rochers hideux sur ses flancs hérissé;
Nul arbre n'y plantait ses racines rampantes,
Nul gazon n'étendait ses tapis sur ses pentes;
Mais, pareil aux amas par les volcans vomis,
Un chaos inégal de rocs mal affermis,
En rapides degrés s'élevant jusqu'aux nues,
De ces bords interdits déroboit les issues,
Et jamais des mortels les pas audacieux
N'auraient osé tenter d'escalader ces lieux.
Cependant Éloïm, l'Esprit ainsi me nomme
Le jeune pèlerin qui s'est montré dans Rome,
Éloïm, vers ces lieux poussé par la terreur,
Fuyait, le cœur glacé d'épouvante et d'horreur;
Il entendait de loin retentir dans l'espace
Les cris des insensés qui couraient sur sa trace,
Et, tremblant de tomber dans leurs barbares mains,
Se frayait sur ces rocs de périlleux chemins.
Tel qu'aux flancs escarpés des pics de l'Érymanthe,
Le son lointain du cor suspend la biche errante;
Tel aux cris des mortels qu'il entend approcher,
Éloïm s'élançait de rocher en rocher,
Et, gravissant les pics, franchissant les abîmes,
De ces remparts altiers escaladait les cimes,
Quand son œil tout à coup découvre un antre obscur,
Contre les pas de l'homme asile affreux, mais sûr!
Il y plonge; il en suit les ténébreuses routes.
La caverne tantôt ouvre ses larges voûtes,
Où le bruit de ses pas, par l'écho reproduit,
Redoublant son effroi, roule au loin dans la nuit,
Et tantôt resserrant ses parois sur sa trace,
Semble, pour l'étouffer, lui refuser l'espace,
Et le force à ramper dans de sombres chemins
Dont le sol déchirait ses genoux et ses mains;
Mais, le corps insensible aux douleurs qu'il endure,
Il fuirait les humains au bout de la nature,
Et, suivant à tâtons ces immenses détours,
Dans leur muette horreur il s'enfonce toujours;
Trois fois de la clepsydre où l'homme en vain le pleure,
Le sable aurait versé la mesure d'une heure,
Depuis qu'enseveli dans cet antre profond,
Éloïm avançait sans en trouver le fond.
Déjà, depuis longtemps, le jour livide, oblique,
Qui glissait en rampant par son étroit portique,
De détour en détour, par degrés affaibli,
Sur les flancs de la grotte avait encor pâli,
Puis, s'éteignant enfin dans des vapeurs plus sombres,
Rappelé ses rayons du sein glacé des ombres;
Dans une nuit sans teinte il perdait son regard.
Il marchait, il tombait, il rampait au hasard,
Enfin d'un jour lointain la débile lumière
Semble d'un doux reflet consoler sa paupière;
Il doute, il croit longtemps que son œil ébloui
Lui prolonge l'erreur dont ses sens ont joui.
Mais, semblable aux lueurs d'une tardive aurore,
De chacun de ses pas la clarté semble éclore;
Et du fond rayonnant de cet obscur séjour,
Il voit enfin jaillir un pur filet du jour;
Et la fraîcheur de l'air que son haleine aspire,
Tout annonce une issue; il s'écrie, il respire!
Il s'élance, il accourt, il accourt, mais, hélas!
A ses regards surpris, ce jour n'augmente pas,
Ce n'est qu'un seul rayon, que dans l'ombre incertaine
Les fentes du rocher laissent filtrer à peine!
Il veut, du moins, coller sur ce rocher jaloux
Son regard altéré de cet éclat si doux!
Il y touche : ô surprise! une porte de pierre,
De l'antre ténébreux gigantesque barrière,
Que supportent des gonds et des verrous d'airain,
Ferme d'un mur glacé le sombre souterrain,
Et par l'étroit canal d'un léger interstice
Laisse à peine un passage où le regard se glisse!
Éloïm, emporté d'un désir curieux,
Aux fentes du rocher colle en tremblant ses yeux.
Il voit... ivre du trouble où cet aspect le plonge,
Il voit ce que jamais il n'avait vu qu'en songe,
Un vallon ombragé par des bois encor verts,
Une île de délice au milieu des déserts,
Des jardins, des gazons, des arbres, des fontaines,
Roulant à flots plaintifs leurs ondes incertaines;
Des sillons où les vents, sur ces bords assoupis,
Balançaient mollement les vagues des épis;
Des fruits prêts à tomber des rameaux qui fléchissent,
Les uns encore en fleur, les autres qui jaunissent.
Il voit bondir plus loin, sur le penchant des prés,
Ces animaux jadis à l'homme consacrés,
Deux taureaux aiguisant contre un vieux sycomore
Leur corne recourbée où le joug pend encore,
Un sauvage coursier dont les longs crins épars
Ne voilent qu'à demi l'éclair de ses regards;
De paisibles brebis aux toisons ondoyantes,
Des chevreaux suspendus aux roches verdoyantes,
La poule dont le chant dès l'aurore entendu
Avertit l'homme à jeun du fruit qu'elle a pondu;
L'oiseau du laboureur, le pigeon, l'hirondelle
Fidèle après cent ans au toit qui la rappelle,

Et l'âne domestique, et l'onagre, et le chien
De l'homme autant que l'homme ami, frère, gardien,
Qui, d'un maître indigent dédaignant les largesses,
N'aime en lui que lui-même et vit de ses caresses.
Il entend gazouiller sur la cime des bois
Ces oiseaux dont jamais il n'entendit la voix,
Ces chantres de la nuit, du soir ou de l'aurore,
Que chaque heure du jour et des nuits fait éclore,
Et qui, pour assoupir ou réveiller nos sens,
Exhalent leurs amours en suaves accents.
C'était l'heure où du jour toutes les voix s'apaisent,
Où des oiseaux lassés les vifs accords se taisent,
Où Philomèle seule, attendrissant les airs,
Au malheureux qui veille adresse ses concerts;
Sur un rameau voisin où son nid se balance,
Elle enchantait du soir l'harmonieux silence.
Éloïm écoutait ses doux sons s'exhaler;
D'autres sens à son cœur semblaient se révéler!
Jamais semblable aspect et jamais voix pareilles
N'avaient charmé ses yeux ou ravi ses oreilles.
De tous ces habitants de la terre et des cieux
Qui portaient, qui servaient, qui charmaient nos aïeux,
Il ne connaissait rien que ces vaines images
Que les traditions conservent aux vieux âges,
Et pendant qu'ils passaient, ainsi qu'au premier jour,
Sa bouche avec transport les nommait tour à tour;
Mais ses regards en vain dans ce séjour champêtre
Cherchaient des animaux le modèle et le maître:
Tout y rappelait l'homme, on ne l'y voyait pas.
Était-ce un lieu divin interdit à ses pas?
Une ombre de l'Éden conservée à la terre?
Ou d'un ange exilé le palais solitaire?
Éloïm interdit doutait... quand une voix,
Une voix dont son cœur a tressailli trois fois,
Semblable aux sons vivants de la parole humaine,
S'élève et vient frapper son oreille incertaine.
Cette voix n'avait pas ces modulations
Qu'imprime aux sons humains l'accent des passions,
Cette note à la fois violente et plaintive
Qui trahit toujours l'homme à l'oreille attentive;
C'était un son égal, plein, grave, mesuré,
Par un cœur impassible avec force vibré,
Dont rien n'amollissait la vigueur solennelle;
Mais comme on entendrait la parole éternelle!
Du côté d'où la voix s'élevait vers les cieux,
Le jeune homme éperdu porte aussitôt les yeux;
Il voit, non loin de lui, sur un banc de verdure,
Deux êtres dont il n'ose assigner la nature,
Tant leur sublime aspect, à son œil enchanté,
Surpasse l'homme en force, en grâce, en majesté!

L'un était un vieillard; mais sa verte vieillesse
Ne témoignait des ans que l'antique sagesse;
On ne voyait en lui que cette majesté
D'un front chargé de temps, mais du temps respecté;
L'âge n'avait pour lui ni faiblesse ni glaces;
Ses traits montraient ses jours, mais sans porter leurs traces,
Et ses membres nerveux, et d'un sang pur nourris,
N'étalaient point à l'œil leurs muscles amaigris.
Ses cheveux étaient blancs, mais leurs boucles touffues
Roulaient à gros flocons sur ses épaules nues;
Dans toute leur jeunesse, ils paraissaient blanchir.
Son front large et musclé les portait sans fléchir.
La voûte de ce front, sur ses yeux avancée,
Imprimait à ses traits la force et la pensée;
Au sommet de ce front deux boucles de cheveux,
Par un souffle divin qui soulevait leurs nœuds,
En deux cornes d'argent s'arrondissant d'eux-même,
Dessinaient sur son front ce noble diadème,
Symbole de la force et de l'autorité,
Sur le front du bélier, par Dieu même jeté,
Et dont, pour imprimer son signe sur leurs têtes,
Jéhovah couronnait le front de ses prophètes:
Tel semblait ce vieillard, et ses traits souverains,
Sa taille surpassant la taille des humains,
Tout en lui rappelait un de ces premiers sages
Heureux contemporains de l'enfance des âges!
Bouclé sur son épaule, un grand manteau de lin
Laissait à découvert la moitié de son sein;
Une large courroie en serrait la ceinture,
Puis, sur ses pieds divins roulant à l'aventure,
Formait ces larges plis, où, flottant tour à tour,
On voyait se jouer les ombres et le jour.
Il pressait, d'une main, sur sa poitrine nue,
Un livre dont sept sceaux interdisaient la vue;
Et de l'autre il semblait, avec deux de ses doigts,
Tracer sur l'horizon l'image de la croix.

Auprès du saint vieillard, mais dans l'ombre cachée,
Une femme, une vierge à sa trace attachée,
D'une timide main s'appuyant sur son bras,
Sur un pied suspendue, avançait sur ses pas.
Non, jamais la beauté qu'un amant vierge encore
De ses désirs brûlants en rêves voit éclore,
Jamais le souvenir qu'un jeune époux en deuil,
Pour nourrir ses regrets, évoque du cercueil,
Jamais l'image, enfin, la séduisante image
Que se forme une mère, en portant son doux gage,
N'égala les attraits de cet être charmant
Qu'aux regards d'Éloïm offrit ce seul moment,
Quand, fixant sur ses traits sa paupière ravie,
Ce regard suspendit son haleine et sa vie!

Elle était dans cet âge où, prête à se flétrir,
Cette fleur de beauté qu'un printemps fait mûrir
Semble inviter l'amour à cueillir ses délices
Avant qu'un jour de plus effeuille ses calices:
Age heureux de la grâce et de la volupté
Qui confond en saison le printemps et l'été!

La jeunesse mêlait sur ses lèvres écloses
Une tendre pâleur à l'éclat de ses roses;
Ses traits divins dont l'ombre arrêtait le contour,
Ses yeux bleus, ou brillants, ou voilés tour à tour,
L'astre dont le foyer est le cœur d'une femme
Laissait en longs éclairs échapper plus de flamme;
D'un sein plus arrondi les globes achevés,
D'un souffle plus égal sous leur voile élevés,
Et ses cheveux flottants, dont les tresses moins blondes
Jusque sur le gazon glissaient en larges ondes,
Mais dont l'or, brunissant de plus de feux frappés,
Ressemblait aux épis que la faux a coupés:
Tout en elle annonçait ces saisons de tempête,
Ce solstice éclatant où la beauté s'arrête.
Un voile blanc, tissu de ses blanches brebis,
Pressait son sein d'albâtre, et, glissant à longs plis,
Dessinait les contours de sa taille superbe,
Et venait, sur ses pieds, se confondre avec l'herbe!
Aucun vain ornement, aucun luxe emprunté
N'altéraient la candeur de sa pure beauté.
Dédaignant d'un faux art les trompeuses merveilles,
L'opale ou le corail n'ornait point ses oreilles;
Le rubis sur son front ne dardait point ses feux;
L'or autour de son col n'enlaçait pas ses nœuds;
Et ces lourds bracelets, qu'un vain luxe idolâtre,
D'un bras harmonieux ne foulaient point l'albâtre;
Mais, sur sa blanche épaule, un ramier favori
Était venu chercher un amoureux abri;
Il caressait son cou d'un doux battement d'aile;
Et, broutant le gazon qui croissait autour d'elle,
Deux lions, par l'attrait près d'elle retenus,
Folâtraient sur sa trace et léchaient ses pieds nus.
Tels les plus doux objets qu'anima la nature
Suivaient Ève en Éden et formaient sa parure.

Suivant d'un pas distrait les pas du saint vieillard,
Elle laissait errer ses beaux yeux au hasard;
Ce regard n'avait pas ce divin caractère
D'un œil qui voit le ciel et méprise la terre;
Je ne sais quoi d'humain, de vague et d'inquiet,
Ressemblait au désir, ou plutôt au regret.
On eût dit qu'en ces lieux par la force enchaînée,
Pour ce divin exil elle n'était pas née.
En un mot, l'un semblait un habitant des cieux,
L'autre une enfant de l'homme esclave en ces beaux lieux.

« Jour, disait le vieillard, jour qui finis ta course,
Toi que le temps fit naître, et rappelle à ta source,
C'en est fait: éteins-toi! Va dans l'éternité
Rendre compte à ce Dieu par qui tu fus compté!
Depuis ce premier jour où ma vieille paupière
Dans l'enfance des temps s'ouvrit à ta lumière,
De ces milliers de jours qui sous mes yeux ont lui,
Je ne te vis jamais si morne qu'aujourd'hui!
Ces fils de la lumière ont-ils, comme nous-même,
Quelque pressentiment de leur heure suprême?
Ah! qu'ils rappellent peu, par leurs traits effacés,
Ces premiers jours du monde à jamais éclipsés,
Quand, sous leurs premiers pas, la terre épanouie
Exhalait vers son Dieu comme un parfum de vie,
Et qu'emportant les vœux des mortels innocents,
Ils s'en allaient chargés de nuages d'encens!
Mais, à présent, dans l'ombre où leur cercle s'achève,
Sur un désert en deuil il se couche et se lève
Sans qu'un cœur innocent, sans qu'un pieux regard
L'invoque à son lever, le suive à son départ!
Cependant, ô ma fille! un œil nous les mesure;
Ils doivent leurs tributs au roi de la nature;
Il ne les a point faits, comme un vain ornement,
Pour semer de leurs feux la nuit du firmament,
Mais pour lui rapporter, aux célestes demeures,
La Gloire et la Vertu sur les ailes des Heures!
Accomplissons donc seuls leur sublime devoir!
Prions le jour, la nuit, le matin et le soir!
Et tandis que la terre, à son instant suprême,
Le nie ou le maudit, l'oublie ou le blasphème,
Que l'hommage du soir, présenté par nos mains,
Lui porte encor l'encens et la voix des humains! »
Il disait: et le front courbé dans la poussière,
Sa bouche murmurait une sourde prière.
La vierge agenouillée à ces sons répondait;
Dans un accord divin leur voix se confondait;
Sa tendre voix mêlée à sa voix ferme et grave
Formait de tons divers un contraste suave.
Tel au bruit d'un torrent qui gronde au fond des bois
L'oiseau du ciel se plaît à marier sa voix.

Cependant Éloïm, collé contre la pierre,
N'osait, pour leur parler, suspendre leur prière;
Mais quand le saint vieillard, à demi prosterné,
Eut relevé son front vers l'Occident tourné,
Et que, prêt à quitter cette porte fatale,
Déjà son pas immense en franchit l'intervalle,
Éloïm s'écria; sa voix en sourds échos,
A travers les rochers, porta vers eux ces mots:

« Fortunés habitants de ce lieu de délices,
Soit que déjà du ciel vous goûtiez les prémices,
Soit qu'exempts ici-bas de travail et de mort,
Des malheureux humains vous ignoriez le sort;
Adorez-vous le Christ? » Au nom par qui tout tremble
La vierge et le vieillard s'inclinèrent ensemble.
Éloïm poursuivit: « Ah! si vous l'adorez,
Par ses jours et sa mort à tout chrétien sacrés,
Par ce jour qui s'approche, où du haut des nuages
Il viendra réveiller et juger tous les âges,
Ouvrez pour un moment cet asile à mes pas!
Je viens d'une autre terre et de lointains climats

Chercher s'il est encor sur ces confins du monde
A la voix d'un mortel un mortel qui réponde.
Aux lieux qu'avec horreur mes pieds ont traversés
Je cherchais des humains... j'ai vu des insensés
Qui, dans leur désespoir se maudissant eux-mêmes,
N'attestaient plus le ciel que par d'affreux blasphèmes!
J'ai fui : la main de Dieu m'a sans doute conduit
Dans les profonds détours de cette horrible nuit,
Pour trouver, à la fin de mes longues misères,
Des autels au vrai Dieu, des anges ou des frères! »
Il dit; le saint vieillard, sans paraître surpris,
Répondit simplement : « Je t'attendais, mon fils!
L'homme, errant au hasard, sans dessein et sans guide,
Arrive où Dieu le veut au jour que Dieu décide!
Il t'amène en ces lieux : j'adore ses décrets;
Entre, et bénis son nom! tu parleras après. »
Soudain, comme un berger qui veut, sur les fougères,
Laisser fuir du bercail les agneaux sans les mères,
S'incline, et d'un genou, par l'effort affermi,
Soutient le lourd battant qu'il entr'ouvre à demi;
Tel, sur ses gonds massifs faisant rouler la porte,
Le robuste vieillard, dont le corps la supporte,
Laisse entrer Éloïm, et, refermant soudain,
Tourne avec un bruit sourd les lourds verrous d'airain.
Éloïm, se jetant à ses pieds qu'il embrasse,
Baise en pleurant la terre où s'imprime leur trace;
« Homme ou Dieu, lui dit-il; et toi, toi, dont les yeux
Lancent des feux plus doux que la nuit dans les cieux,
Toi qu'enfin, sans ces pleurs qui trahissent une âme,
Je n'oserais nommer du nom touchant de femme!
Soyez bénis tous deux! Ou si mes sens surpris
Prennent pour des mortels de célestes esprits,
Êtres surnaturels! enseignez-moi vous-même
Comment on vous adore ou comment on vous aime! »
La vierge, à ces accents qui vibrent dans son cœur,
Rougissait de plaisir, d'orgueil et de pudeur;
Ses lèvres s'entr'ouvraient pour répondre elle-même;
Mais le vieillard, d'un geste et d'un regard suprême,
Sur sa bouche tremblante arrêta son discours :
« Suivez-moi, leur dit-il; les mœurs des anciens jours
Ne nous permettent point d'interroger encore
L'étranger dont les pas ont devancé l'aurore,
Avant qu'à notre table, assis, il ait goûté
Le pain, le vin, les dons de l'hospitalité!
Qu'il vienne du Seigneur partager les merveilles,
Désaltérer sa soif du doux jus de mes treilles
Et du lait des brebis épaissi sous ta main,
Et des fruits de nos champs satisfaire à sa faim.
Demain, quand le sommeil aura, par un long rêve,
De ses membres brisés renouvelé la séve,
Il nous racontera quel sort mystérieux
A travers les déserts le conduit en ces lieux,
Ce qu'il est, ce qu'il veut, ce qu'il vit chez les hommes;
Et lui-même, ô ma fille! il saura qui nous sommes!... »
Tout en parlant ainsi, le vieillard qui marchait,
Des bords d'un lac limpide à pas lents s'approchait;
Éloïm admirait et suivait en silence,
Et la jeune beauté, dont le pas les devance,
Échappant à leurs yeux, courait, d'un pied léger,
Préparer le repas du divin étranger.

. . . .

. . . .

. . . .

II

Quelques semaines après, j'écrivis un second chant du même poëme, intitulé les *Chevaliers*. J'avais le Tasse et l'Arioste de bien loin dans l'imagination. Je comptais toucher successivement toutes les cordes graves et sensibles de la poésie épique ou élégiaque dans cette œuvre sans fin commencée trop jeune et interrompue avant le temps. En voici quelques fragments négligés après bien des années au fond de mon portefeuille.

. . . .

. . . .

Cependant, le cœur plein de deuil et de tristesse,
Béranger, maudissant le poids de sa vieillesse,
Privé du seul objet qui consolait ses jours,
De son château désert a traversé les cours.
Ses cheveux blancs, souillés de sang et de poussière,
Tombent à gros flocons sur sa morne paupière;
Il mord sa lèvre pâle, il presse dans sa main
La garde du poignard qu'il fit briller en vain,
Et, sur ses traits ridés se frayant une route,
Deux longs ruisseaux de pleurs, tombant à grosse goutte,
Viennent mouiller ce fer, dans ses mains impuissant.
Ah! malheureux! dit-il, des pleurs au lieu de sang!
Il baisse un front courbé sous le malheur et l'âge,
Et de ses serviteurs détourne son visage.
Tel un chêne vieilli, dont les rameaux séchés
Par la foudre ou la hache ont été retranchés,
Sur un coteau brûlant, que son aspect afflige,
Ne voit plus de son sein sortir de jeune tige,
Et de l'ombre et des fleurs oubliant la saison,
Penche un tronc dépouillé sur le morne gazon.

Ses vassaux consternés se rangent en silence;
Mais soudain à ses pieds un mendiant s'élance;
Son front, déjà chargé des traces de ses jours,
De sa vie orageuse annonçait le long cours;
Un bâton soutenait sa démarche tremblante;
La misère courbait sa tête chancelante;
De vêtements usés quelques lambeaux épars,
Sous l'outrage des ans tombant de toutes parts,
Noués par une corde autour de sa ceinture,
Laissaient à découvert ses jambes sans chaussure,
Et ses pieds, par le sol meurtris et déchirés,
Foulaient péniblement le marbre des degrés;
Du chevalier terrible il suit de loin la trace;
Il se jette en pleurant à ses pieds qu'il embrasse:
« Seigneur, écoutez-moi, dit-il en sanglotant,
« Peut-être il vous souvient de ce berceau flottant
« Où cette noble épouse, à vos regrets si chère,
« Recueillit un enfant et lui servit de mère;
« On dit que du trépas par le ciel préservé,
« Et par vos soins, seigneur, dans ces murs élevé,
« Digne qu'en autre rang le hasard l'ait fait naître,
« Sa gloire et ses vertus ont honoré son maître...
« — Et que t'importe, à toi, vil rebut des humains,
« Le sort de cet enfant qu'ont élevé mes mains?
« Qu'eut jamais de commun son sang et ta misère?
« — Hélas! pardonnez-lui, seigneur! je suis son père!
« — Toi, son père? Insensé! ce noble enfant ton fils?
« Qui donc es-tu? — Seigneur, vous voyez mes habits,
« Je suis ce qu'à vos yeux indique leur misère,
« Un de ces malheureux, vermine de la terre,
« A qui le ciel jaloux de ses avares mains
« A donné pour tout don la pitié des humains,
« Qui glanent ici-bas ce que le riche oublie,
« Et qui, pour soutenir leur misérable vie,
« Vont aux portes du temple, au seuil de vos palais,
« Recevoir tour à tour l'insulte ou les bienfaits!
« Trop heureux si le ciel, dans l'opprobre où nous sommes,
« En nous déshéritant des biens communs aux hommes,
« Avait en même temps retranché de nos cœurs
« Ces sentiments qui font leur joie et nos douleurs!
« Mais, hélas! ces haillons n'étouffent pas nos âmes;
« Nous aimons, comme vous, nos enfants et nos femmes,
« Mais le remords nous suit jusqu'au sein de l'amour,
« Et nous nous repentons de leur donner le jour!
« Un enfant m'était né; la faim et la souffrance
« Avaient ravi sa mère à sa première enfance,
« Et près d'elle couché, sa bouche avec effort
« Pressait encor ce sein qu'avait tari la mort!
« On vantait la pitié de notre noble dame:
« L'espérance, à son nom, pénétra dans mon âme;
« Je m'emparai soudain, par un adroit larcin,
« De deux cygnes chéris que nourrissait sa main,
« Et confiant mon fils à sa frêle nacelle,
« Je chargeai leur instinct de la guider près d'elle;
« La vague protégea ce dépôt précieux,
« Jusqu'à ces bords lointains je le suivis des yeux.
« Tranquille sur le sort d'une tête si chère,
« Je sentis s'alléger le poids de ma misère,
« Et loin de ce rivage allant porter mes pas,
« J'usai mes tristes jours de climats en climats.
« Mais enfin, quand des ans l'inévitable outrage
« Eut usé de ce corps la force et le courage,
« Rappelé vers ces bords par un cher souvenir,
« Un instinct paternel me force à revenir
« Près de ce fils chéri terminer ma carrière,
« Pour avoir une main qui ferme ma paupière!
« Ah! laissez-moi, seigneur, le voir et l'embrasser;
« Sur ce cœur expirant laissez-moi le presser;
« Et que puisse de Dieu la main juste et prospère
« Bénir dans vos enfants la pitié de leur père!
« — Mes enfants! qu'a-t-il dit? hélas! je n'en ai plus!
« Garde pour toi, vieillard, tous tes vœux superflus;
« J'ai perdu, comme toi, l'espoir de ma famille;
« Va! cours chercher ton fils! il est avec ma fille! »
Ainsi dit Béranger, et, d'une rude main,
Repoussant le vieillard, il reprend son chemin.
Tel qu'un aigle irrité, dont l'immonde reptile,
Pendant qu'il plane en paix, dans un azur tranquille,
A devasté son aire, et sur ses bords flétris
De ses œufs près d'éclore a semé les débris;
Lorsque redescendu de sa céleste sphère,
Son instinct paternel le rappelle à son aire,
Et que du haut du ciel y plongeant ses regards,
Il voit ses tendres fruits sur les rochers épars,
Sur ce nid, son espoir, il plonge, il veut s'abattre;
Il cherche un ennemi qu'il puisse au moins combattre;
De rochers en rochers il vole en tournoyant,
Promène dans les airs son regard foudroyant,
Et rongeant les rochers à défaut de victime,
Il jette un cri vengeur qui fait trembler l'abîme.
Tel au fond d'un palais maintenant dépeuplé,
Ce vieux père, cherchant d'un regard désolé
Cette enfant dont ses yeux ont la douce habitude,
De ses gémissements remplit la solitude,
Marche, s'arrête, écoute, éclate en vains sanglots,
Et consume la nuit à regarder les flots.
Mais à l'heure où les chants du pieux solitaire
Montent seuls vers le ciel, quand tout dort sur la terre,
Son regard, en fixant l'écueil inhabité,
Du fanal de Tristan découvrit la clarté.
A cet aspect nouveau son cœur glacé palpite:
Il appelle, il espère, il s'élance, il hésite;
Mais vers les bords lointains où cet espoir a lui,
Un instinct plus puissant l'entraîne malgré lui.
Réveillés à ces cris, ses matelots fidèles
Rattachent l'aviron aux flancs de ses nacelles,
Dressent les mâts couchés sur les esquifs flottants,
Lèvent l'ancre pesante, ouvrent la voile aux vents,
Et lui-même, voyant où le fanal le guide,
Courbé sur l'aviron fend la plaine liquide.
La brise de la nuit sur le lac écumant
Vers l'écueil escarpé les pousse en un moment;

Ils franchissent le flot grondant sur le rivage.
Béranger, le premier, s'élance sur la plage;
Il appelle, il s'écrie, il court, il voit enfin,
Il voit aux premiers feux des astres du matin,
Sur un gazon trempé des larmes de l'aurore,
Sur le sein de Tristan la fille qu'il adore
Mollement assoupie; il doute, il craint d'abord
Cette immobilité qui ressemble à la mort;
Mais bientôt s'approchant du couple qui sommeille,
Le bruit de leurs soupirs rassure son oreille;
Il voit le sein d'Hermine encor gros de soupirs,
Onduler, comme l'onde, au souffle des zéphyrs;
Elle vit! O ma fille! ô ma seconde vie!
A l'outrage, à la mort quelle main t'a ravie?
Réveille-toi! réponds! Quel que soit ton sauveur,
Je jure par le ciel, par toi, par mon bonheur,
De lui donner, pour prix de ce bienfait suprême,
Tout ce que peut donner ma main... fût-ce toi-même!
Ces cris de son Hermine ont ranimé les sens;
Elle rouvre ses yeux, elle entend ces accents,
Voit pencher sur son front la tête paternelle,
Et lui montrant des yeux Tristan : C'est lui, dit-elle;
Et Tristan, à ces mots, rougissant de bonheur,
De ses pleurs arrosait les mains de son seigneur.
Mais Béranger, ouvrant les bras à son Hermine,
Allait presser aussi Tristan sur sa poitrine,
Quand une sombre image, un soudain repentir,
Resserre tout à coup son cœur prêt à s'ouvrir.
Hermine tombe seule entre les bras d'un père;
Le beau page, à ses pieds, reste un genou sur terre,
Et le vieillard lui jette un regard incertain,
Où la reconnaissance est mêlée au dédain :
« Partons, dit-il, fuyons ce funèbre rivage,
« Qui de mon désespoir me rappelle l'image,
« Et, pendant que les flots nous porteront au port,
« Tu nous raconteras ce prodige du sort! »

La rame bat les flots, la barque glisse et vole;
Hermine, retrouvant à peine la parole,
Raconte en rougissant ce qu'a fait son sauveur;
Comment il a risqué ses jours pour son honneur;
Comment son bras, plus fort que la vague et l'orage,
Au milieu de la nuit l'a portée au rivage;
Comment, près d'un foyer par ses mains allumé,
Dans son cœur engourdi son cœur s'est ranimé,
Et comment, par ses soins la rendant à la vie,
Il l'a tout à la fois respectée et servie.
Béranger, en silence, écoutait ces récits;
En cercle autour de lui ses chevaliers assis,
De surprise et d'orgueil ne pouvant se défendre,
Sur l'épaule du preux se penchaient pour entendre;
Et les rameurs, eux-même, enchaînés par la voix,
Du page rougissant écoutaient les exploits,
Et contemplant Hermine à leur amour rendue,
Oubliaient d'abaisser la rame suspendue.

Quand elle eut achevé, Béranger, l'œil baissé,
Sous tant d'émotions resta comme oppressé;
Puis, d'un ton à la fois indulgent et sévère :
« Tristan, dit-il, en moi ton enfance eut un père,
« Tu m'as rendu ma fille, et ce premier haut fait
« Acquitte en un seul jour le bien que je t'ai fait;
« Mais mon cœur veut sur toi conserver l'avantage;
« Il n'était qu'un seul prix digne de ton courage,
« Tu l'avais mérité! je te l'aurais offert;
« Mais entre Hermine et toi l'abîme s'est ouvert,
« Rien ne peut le combler, et pas même ta vie;
« Le jour qui me la rend à toi te l'a ravie;
« Ton père s'est nommé; ton père, un mendiant,
« Est venu près de moi réclamer son enfant;
« Je dois te rendre à lui, non tel que sa misère
« Te confia jadis à ta seconde mère,
« Faible, nu, sans espoir que sa tendre pitié,
« Mais enrichi des dons de ma noble amitié,
« Mais, honorant du moins par les dons de ton maître
« L'obscurité fatale où le sort te fit naître,
« Je te fais châtelain de la tour d'Ildefroi;
« Ces domaines, ces champs, ces vassaux sont à toi!
« Tu peux à ton vieux père y donner un asile;
« Mais toi, loin d'y languir dans un loisir stérile,
« Lèves-y des soldats, va porter ta valeur
« Parmi les conquérants du tombeau du Sauveur.
« Va disputer un prix digne de ta vaillance,
« Va mériter un nom qui couvre ta naissance;
« Après ce que tu fis et ce qu'ont vu tes yeux,
« Il ne te convient plus de paraître en ces lieux,
« Jusqu'à ce qu'un héros, entrant dans ma famille,
« Ait pris sous son honneur la garde de ma fille! »
Tristan ne répondit que par un seul soupir,
Et tout bas dans son cœur se dit : J'irai mourir!
Mais Hermine pâlit; comme une fraîche aurore,
Qu'un nuage subit tout à coup décolore,
Son beau front s'inclina pour cacher ses douleurs,
Et ses cils abaissés voilèrent mal ses pleurs.
Tout se tut : jusqu'au bord on n'entendit qu'à peine
Du sein des deux amants s'exhaler leur haleine;
Les vassaux, sur la plage, avec des cris d'amour,
De leur dame chérie attendaient le retour;
Et, prenant dans leurs bras la belle châtelaine,
La portèrent en foule aux bras de sa marraine.

. . . .
. . . .

Tout est joie et tumulte aux murs de Béranger;
Les vassaux, qui d'Hermine ont appris le danger,
Les jeunes chevaliers qui briguaient sa conquête,
Venus pour le combat sont restés pour la fête;
Les cours et les préaux sont couverts d'étrangers;
Les dames, les barons, entourent les foyers;
Le jour ne suffit pas à leur foule enivrée;
Mais des feux du sapin la nuit même éclairée
Ouvre une lice ardente à des plaisirs nouveaux.
C'est l'heure où Béranger, conviant ses vassaux,

Prodigue des trésors que son orgueil étale,
Fait dresser à la fois vingt tables dans la salle,
Et jusqu'aux premiers chants de l'oiseau du matin,
Entouré de ses preux, prolonge le festin.
Ces salles, où des preux les tables sont dressées,
De soie et de velours ne sont pas tapissées;
Elles n'offrent aux yeux qu'une voûte d'acier :
Lances, piques, écus, brassards et bouclier;
Et des lambris de fer et des festons d'épées
Avec un art sauvage autour des murs groupées,
Réfléchissant les feux des nocturnes flambeaux,
Jettent un jour sanglant sous les vastes arceaux.
Nul art dans ces festins n'ajoute à la nature,
Et leur profusion est leur seule parure;
Les hôtes des forêts, des cerfs, des sangliers,
Sur des plateaux de bois s'y servent tout entiers;
Et dans la salle même, entre chaque embrasure,
Des outres, des tonneaux qui coulent sans mesure,
Versent aux échansons des vins nés sur ces bords,
Dont la coupe se vide et s'emplit à pleins bords.

Sur un siége élevé d'où son regard domine
Béranger est assis; plus bas la belle Hermine;
Puis enfin les barons, les écuyers, les grands,
Placés par les hérauts chacun selon leurs rangs,
Descendent par degrés jusques aux servants d'armes
Où Tristan va cacher son triomphe et ses larmes.
Là, tandis que son nom retentit en tous lieux,
Sur ses égaux d'hier n'osant lever les yeux,
Il rougit d'être assis parmi ceux qu'il honore,
Et plus bas, s'il se peut, voudrait descendre encore.
En vain les écuyers, pour plaire à leur seigneur,
Lui présentent les vins et la coupe d'honneur;
Du doux jus des coteaux en vain sa coupe est pleine,
En feignant d'y puiser sa lèvre y trempe à peine,
Et son cœur, d'amertume et de honte abreuvé,
Lui fait trouver amer tout ce qu'il a goûté.
Il accuse en secret la lenteur des convives,
Il compte chaque instant des heures trop tardives;
Puis, d'un regard furtif contemplant ces doux traits
Qu'il grave dans son âme et va perdre à jamais,
Il se dit, en comptant le temps qui s'évapore :
Dure à jamais le jour où je la vois encore!
Les lices aux tournois, les danses aux festins,
De l'aurore à la nuit, de la nuit au matin,
Durant trois jours complets, durant trois nuits entières,
Chassèrent le sommeil de toutes leurs paupières.
Mais au dernier repas de la troisième nuit,
Quand, déjà chancelants de fatigue et de bruit,
Les convives lassés succombaient à l'ivresse,
Le baron de Neuf-Tours à Béranger s'adresse :
« Seigneur! n'avez-vous donc pour orner votre cour
« Trouvère ou ménestrel, barde ni troubadour?
« Quitterons-nous ces lieux sans que de son écharpe
« L'enfant perdu du lac ait dénoué sa harpe?...
« — Excusez-moi, seigneur, dit Tristan tout confus,
« J'imite les héros, je ne les chante plus. »
Le baron, à ces mots, lui lance un faux sourire;
Mais Béranger, honteux qu'on ait osé dédire
En sa présence même un noble chevalier :
« Vous chanterez, Tristan; tant d'orgueil doit plier!
« Écuyer, apportez la harpe du trouvère;
« Hermine, que ta voix charme aussi ton vieux père,
« Et chantez tous les deux l'histoire d'Amadis,
« Où vos deux voix d'enfants s'entremêlaient jadis. »
Il dit. Hermine tremble et murmure en son âme;
Le page avec respect s'approche de sa dame,
Lui présente son luth au clou d'or suspendu,
Ce luth dont le doux son, à sa voix confondu,
Résonnait autrefois de loin à son oreille,
Plus gai qu'un premier chant de l'oiseau qui s'éveille;
Et lui-même, prenant des mains d'un écuyer
Une harpe nouée auprès d'un bouclier,
L'accorde lentement et d'une main distraite;
Et de saisissement la foule était muette.
Enfin, d'une voix faible et sans lever les yeux,
Hermine commença le doux lai des adieux.
Or c'était un récit triste comme leur âme
Et que, sans y penser, avait choisi la dame,
D'un chevalier quittant pour ne plus la revoir
Celle dont la pensée était son seul espoir;
Un vieux barde, exilé des bords de la Durance,
L'avait porté jadis de l'Italie en France.
Deux voix, pour imiter cette scène d'amour,
S'en devaient partager les couplets tour à tour,
Et la harpe et le luth, de leurs notes plaintives,
En suspendre un moment les stances fugitives.

ROMANCE

LA DAME.

Quand ce vint au matin, Yseult lui dit : Écoute!
J'entends le coq chanter et ton coursier hennir;
Encore, encore un mot, et tu seras en route,
Et plus jamais ces yeux ne te verront venir!
Ami, prends mon anneau que de mes pleurs j'arrose;
Hier, pensant à toi, ma main l'a fait bénir,
Pour qu'à jamais de moi te fasse souvenir
Tant qu'il te souviendra du doigt où je le pose!

Or son page, frappant aux portes de la tour,
Disait à demi-voix : Roger, voici le jour!

LE CHEVALIER.

Je pars; mais mon cœur reste, ô ma seule pensée!
Plus ne compte les jours après ce triste instant;
En ce suprême adieu mon âme t'est laissée,
Tout ce qui m'animait me quitte en te quittant.
Garde de nos amours longue et triste mémoire,
Et si jamais le soir trouvère ou pèlerin
D'un cœur brisé d'amour te vient chanter la fin,
Yseult, dis en toi-même : Hélas! c'est son histoire!

Or le page, frappant aux portes de la tour,
Disait à demi-voix : Roger, voici le jour!

LA DAME.

Ami, prends ces cheveux et que ma main les noue
Au plus près de ton cœur; tu rêveras de moi :
Souvent, quand on te nomme, ils ont voilé ma joue,
Et souvent essuyé des pleurs versés pour toi;
Ordonne qu'on les laisse à ton heure suprême
Reposer avec toi sous le même linceul,
Pour qu'au moins sous la terre où tu dormiras seul
Quelque chose de moi s'unisse à ce que j'aime!

Or le page, frappant aux portes de la tour,
Disait à demi-voix : Roger, voici le jour!

LE CHEVALIER.

Ah! si le son d'un cor en sursaut te réveille,
Si l'acier d'un écu retentit dans la cour,
Si le pas d'un coursier résonne à ton oreille,
Si la harpe d'un barde expire sous la tour,
En mémoire de moi regarde à la fenêtre
Aussi loin que tes yeux me suivront aujourd'hui,
Et murmure en toi-même, Yseult : Si c'était lui?
Ce mot, si loin de toi, je l'entendrai peut-être!

Or le page, frappant aux portes de la tour,
Disait à demi-voix : Roger, voici le jour!

LA DAME.

Prends mon long chapelet, où pend mon reliquaire,
Baise soir et matin ces reliques des saints;
J'ai tant prié pour toi sur ce pauvre rosaire,
Que mes doigts fatigués en ont usé les grains;
Quand, voyageant le soir sur la terre lointaine,
L'angelus sonnera dans la tour du beffroi,
Pour que ton âme au ciel se rencontre avec moi,
En mémoire d'Yseult tu diras ta dizaine.

Or le page, frappant aux portes de la tour,
Disait à demi-voix : Roger, voici le jour!

Tristan allait poursuivre, un cri soudain l'arrête.
Hermine sur son luth vient de pencher la tête,
Son visage a changé, sa défaillante main
N'a pu même achever le funèbre refrain.
Elle tombe mourante au sein de sa nourrice
Comme un lis dont le ver a piqué le calice.
On l'apporte en sa tour, sans voix et sans couleur.
Tristan rejette au loin sa harpe avec douleur,
Et, la foulant aux pieds sur le pavé de dalle,
Disperse avec dédain ses débris dans la salle.
« Toi qui chantas pour elle une dernière fois,
« Tu ne mêleras plus tes sons à d'autres voix! »
Dit-il. En s'éloignant de la foule étonnée,
Il va sur le donjon plaindre sa destinée.

Cependant l'air du ciel et des soins caressants
D'Hermine évanouie ont ranimé les sens,
Et là foule, d'ivresse et de joie éperdue,
A repris à l'instant la fête suspendue.
De la chambre élevée où ruissellent ses pleurs,
Hermine entend monter leurs joyeuses clameurs;
Sur le bord du fauteuil où sa tendresse veille,
Sa nourrice se penche et lui parle à l'oreille :
« Pourquoi cacher ces pleurs, belle enfant? C'est en vain!
« Ma main les sent couler; versez-les dans mon sein,
« Ce sein qui vous reçut, ce sein qui vous adore!
« Le mal dont vous mourez, faut-il que je l'ignore?
« — Tu demandes le mal dont je me sens mourir,
« Lui répond son Hermine, et Tristan va partir!
« Que dis-je, à cet instant il est parti peut-être.
« Nourrice, oh! par pitié, regarde à la fenêtre!
« Les ponts sont-ils baissés? Ne vois-tu rien là-bas?
« De son destrier blanc reconnais-tu les pas?
« — Je n'entends que l'écho de la salle sonore.
« — Ah! si du moins mes yeux pouvaient le voir encore!
« Si mon cœur pouvait dire avant de se briser
« De ces mots que le temps ne pût jamais user,
« Peut-être ma douleur, de mon sein exhalée,
« Me déchirerait moins si je l'avais parlée.
« Si ses derniers accents retenus dans mon cœur
« S'y gravaient à jamais comme un sceau de douleur,
« Peut-être je vivrais pour espérer encore!
« Écoute un dernier vœu d'Hermine, qui t'implore!
« Descends parmi la foule, ô nourrice! et dis-lui,
« Dis-lui, s'il en est temps, qu'avant que l'ombre ait fui,
« Avant que du festin mon père ne se lève,
« A l'angle du préau qui domine la grève
« Il te suive et m'attende au bord profond des eaux,
« Avant que ce croissant dépasse les créneaux.
« Va, cours; c'est un poignard que toute heure perdue.
« S'il est parti, je meurs, et c'est toi qui me tue! »

La nourrice, à ces mots, une lampe à la main,
Descend, cherche partout Tristan sur son chemin,

Le découvre à la fin, seul, assis sous la voûte,
Ne dit qu'un mot : Hermine ! Et, lui montrant la route,
Le conduit en silence à l'angle du préau;
C'était un promontoire au devant du château;
Une tour dont les pieds étaient baignés par l'onde
Portait à son sommet une terrasse ronde
Dont aucun parapet ne bornait le contour.
Les pas osaient à peine en approcher le jour;
Mais dans la nuit l'horreur du profond précipice
A des adieux furtifs rendait ce lieu propice.
La nourrice et Tristan, sans bruit et sans flambeaux,
Attendaient que la lune ait passé les créneaux.

Cependant les rumeurs qui sortent de la salle,
Les chants, les sons du cor, meurent par intervalle.
Les convives, lassés de sommeil et de vin,
S'endorment au hasard sur les bancs du festin;
Sous des pas chancelants les corridors gémissent.
Béranger, dont les sens déjà s'appesantissent,
Appuyé sur le bras de son vieil écuyer,
Monte péniblement le tournant escalier.
Sur le dernier degré la foule qui l'escorte,
Éteignant les flambeaux, se disperse à sa porte.
Mais à peine la main de son page Obéron
A-t-elle de son pied déchaussé l'éperon,
Qu'un souvenir confus dans son cœur se réveille;
Il veut revoir sa fille avant que tout sommeille,
Et près d'avoir perdu son unique trésor,
Avant de s'endormir la contempler encor.
D'un signe de sa main il défend qu'on le suive,
Ouvre près de son lit une porte furtive,
Et lui-même portant la torche dans sa main,
Du haut donjon d'Hermine il suit le long chemin;
Nul soldat ne veillait dans le corridor sombre,
Tout était dans ces lieux, repos, solitude, ombre.
Le vieillard de la porte approche à petits pas.
Nourrice, ouvrez, dit-il. On ne lui répond pas.
Du lourd loquet de bronze il presse la coquille,
Il entre, son regard cherche soudain sa fille.
Il voit son siége vide, il voit son lit désert,
Ses bijoux dispersés dans son coffre entr'ouvert,
Et de ses blonds cheveux une boucle échappée,
Auprès des ciseaux d'or dont elle fut coupée,
Sur sa table d'ébène est jetée au hasard.
Tout annonce à ses yeux un mystère, un départ...
Ces bijoux oubliés, ces coffrets, cette tresse,
C'est peut-être, ô mon Dieu ! l'adieu qu'elle me laisse.
Mille soupçons affreux s'élèvent .. Plein d'effroi,
Il monte à pas pressés l'escalier du beffroi :
« Sentinelle, as-tu vu chevaucher sur la route?
« Des pas, des voix, ont-ils résonné sous la voûte?
« A-t-il parti du bord une voile, un esquif?
« — Je n'ai rien entendu, que l'eau sur le récif.
« Seulement, sur le pré qui domine la plage,
« A l'heure de minuit j'ai vu descendre un page,
« Et peu d'instants après, au jour de ce ciel pur,
« Une ombre à pas muets glisser contre le mur!
« — Où sont-ils? réponds-moi. — Seigneur, de cette place,
« L'angle du bastion dérobe la terrasse,
« Mais l'œil peut y plonger du sommet du beffroi.
« — J'y cours. Baisse ton front, sentinelle, et suis-moi! »

Hermine, s'attachant aux pas de la nourrice,
Avait rejoint Tristan aux bords du précipice,
Et, dans son cœur brisé retenant ses sanglots,
Voulait parler, pleurait, ne trouvait plus de mots,
De ses deux pâles mains se couvrait le visage,
Regardait tour à tour la nourrice et le page,
Et le ciel et le lac, et pensait : O mon Dieu!
Que sa vague était douce auprès d'un tel adieu!
Puis enfin, s'efforçant d'une voix qui chancelle,
Elle voulait parler : Tristan, Tristan! dit-elle.
Un long silence encor suivit ce faible effort;
Mais ce seul mot était plus triste que la mort.
« — Te souviens-tu d'un mot qu'au sein de la mort même
« Ma bouche a murmuré dans un aveu suprême?
« Ah! la mort de mon cœur pourra seul l'effacer!
« Mais mon nom découvert me défend d'y penser;
« Il restera plongé dans l'ombre de mon âme
« Comme un obscur fourreau cache une riche lame.
« Il dormira bientôt sous le sceau du trépas.
« Je vous le rends ici. — Je ne le reprends pas,
« Plus basse est ta fortune, et plus un amour tendre,
« Pour être à toi, Tristan, s'honore de descendre.
« Descendre! ah! qu'ai-je dit! S'élever, s'ennoblir!
« Honorer ce qu'on aime, est-ce donc s'avilir?
« Est-il un rang si bas que ta vertu n'honore?
« Illustre, je t'aimais; malheureux, je t'adore!
« Et mon cœur à ton cœur attaché sans retour,
« Ce que ravit le sort, le rend par plus d'amour!
« Mais toi dont la tendresse, aux risques de ta vie,
« A l'injure, à la mort, dans tes bras m'a ravie,
« Toi qui semblas m'aimer tant que je fus ta sœur,
« Tristan! ton cœur est-il si docile au malheur?
« Se peut-il qu'un seul jour efface tant d'années!
« Tant de doux souvenirs, tant d'heures fortunées,
« De tes yeux pour jamais sont-ils donc disparus?
« Et quand ce cœur perd tout, ah! ne m'aimes-tu plus? »

Les mains jointes, le front baissé sur sa poitrine,
Tristan restait muet, debout devant Hermine,
Comme un homme accusé, parmi ses ennemis,
D'un crime imaginaire et qu'il n'a pas commis,
Mais coupable d'un autre et prêt à se confondre,
Refuse de parler et tremble de répondre.
Hermine interprétant ce silence incertain :
« Ah! s'il est vrai! cruel! pourquoi, pourquoi ta main
« Ne m'a-t-elle à la honte, aux flots abandonnée?
« Je mourrais moins coupable et moins infortunée!

« Va, pars, arrache-moi tout dans le même instant,
« Et pour suprême adieu ne me laisse en partant
« Que l'éternel chagrin dont je meurs consumée,
« Que la honte et l'affront d'aimer sans être aimée! »

Le page, à ces accents dont son cœur est frappé,
Retient en vain un cri de son âme échappé.
« Aimer sans être aimée! Ah! je devais peut-être
« Mourir avant ce cri qui vous l'a fait connaître,
« Et cachant, même à moi, mes sentiments secrets,
« Ne révéler qu'à Dieu le nom que j'adorais!
« Mais ce reproche, Hermine, a vaincu ma constance,
« Mon cœur en se brisant a trahi mon silence.
« Car si jamais, ô ciel! vous me le reprochez,
« Je ne vous l'ai pas dit, c'est vous qui l'arrachez!
« Oui! seule vous étiez ma pensée et ma vie.
« Dans le fond de mon cœur, c'est vous que j'ai servie.
« Dans la lice, au tournoi, c'est vous que je pensais!
« J'y portais votre nom et je le prononçais!
« Quand on me demandait quelle serait ma dame,
« Je murmurais tout bas ce seul nom dans mon âme;
« Et, vainqueur et vaincu dans ces brillants hasards,
« Je ne voyais jamais mon prix qu'en vos regards!
« Ne me demandez pas depuis quand je vous aime!
« Mon cœur pour l'avouer ne le sait pas lui-même.
« De cet amour si doux dès l'enfance animé,
« Je ne me souviens pas de n'avoir pas aimé.
« Et ne trouvant en moi d'image que la vôtre,
« Je n'ai jamais pensé qu'on pût aimer une autre?
« Longtemps ces noms si doux et de frère et de sœur,
« Comme ils charmaient ma vie, ont pu tromper mon cœur,
« Et je ne cherchais point à démêler la trame
« Des doubles sentiments qui régnaient dans mon âme.
« Qu'importait à mon cœur de le savoir jamais?
« D'amour et d'amitié j'étais heureux, j'aimais!
« Mais au moment fatal où dans les bras d'un traître
« Je vous vis, ce moment m'apprit à me connaître;
« J'ai su combien j'aimais par combien j'ai souffert,
« Et le ciel m'a puni de l'avoir découvert!
« Mais qu'au fond de mon cœur ce secret vive et meure!
« L'amour qui fut ma gloire est mon crime à cette heure;
« Trop éloigné d'un rang qu'un regard peut ternir,
« Ce serait l'offenser que de m'en souvenir!
« Reprenez à jamais celui qui fit ma gloire!
« Qu'il s'efface en votre âme ainsi que ma mémoire!
« Plaignez-moi quelquefois; mais, fidèle à l'honneur,
« Aimez-en un plus digne! — Ai-je donc plus d'un cœur?
« Et crois-tu qu'à ton gré je puisse à l'instant même
« Aimer ce que je hais et haïr ce que j'aime?
« Non, l'amour que mon cœur reçut avec le jour
« Qu'on me fit respirer dans le même séjour,
« Ce lait qu'au même sein ensemble nous puisâmes,
« L'amour qu'un nom si doux a nourri dans nos âmes
« N'est pas un sentiment fragile et passager
« Qu'un jour peut faire éclore et qu'un mot peut changer;
« Tristan, il est nous-même, il est notre pensée
« Dans le cœur l'un de l'autre en naissant retracée;
« Il est notre mémoire et notre souvenir,
« Nos peines, nos soucis, le passé, l'avenir,
« Et le sang qui s'anime, et l'air que je respire!
« Sur un tel sentiment nulle voix n'a d'empire:
« Il brave et l'injustice et l'outrage du sort,
« Et, pour l'anéantir, il n'est rien que la mort!
« Va, n'essaye donc pas d'en étouffer la flamme;
« Il est à toi, Tristan, par tous les droits de l'âme,
« Par tous les noms sacrés les plus chers à mon cœur
« D'ami, d'amant, de frère ou de libérateur!
« Mon amour te les garde, et ce cœur qui t'adore,
« S'il en est un plus doux, te le consacre encore!
« Oui! je le jure ici, par tous ces noms chéris,
« Par ce lait paternel dont nous fûmes nourris,
« Par l'âme de ma mère et ces larmes dernières
« Que versèrent sur nous ses mourantes paupières,
« Par ce même berceau qui nous reçut tous deux,
« Par ces premiers amours nés de nos premiers jeux,
« Par ce ciel qui m'entend, par ce lac tutélaire
« Dont ton berceau flottant endormit la colère,
« Par cette nuit suprême où, ravie au trépas,
« L'amour qui t'inspirait me sauva dans tes bras;
« Par ma part dans le ciel, par mon nom de chrétienne,
« Jamais ma main n'aura d'autre appui que la tienne,
« Jamais mon cœur n'aura d'autre maître que toi!
« Reçois devant le ciel ce gage de ma foi;
« C'est de ma mère, hélas! le plus cher héritage,
« Le gage de sa foi, l'anneau de mariage
« Que l'heure de la mort a son doigt a trouvé,
« Et qu'en secret pour toi mon cœur a réservé!
« Approche, que ma main à la tienne s'unisse,
« Et que Dieu qui m'entend nous juge et nous bénisse!
« Et toi, jure qu'au mien, jusqu'au jour de la mort,
« Ce nœud mystérieux enchaînera ton sort!
« — Je jure, dit Tristan, d'obéir à mon maître,
« De respecter le rang où le ciel vous fit naître,
« De refuser toujours le nom de votre époux
« Pour vivre et pour mourir moins indigne de vous! »
Hermine, à cet arrêt d'une perte éternelle,
Sent défaillir son cœur; elle pâlit, chancelle,
Murmure un cri confus qu'elle n'achève pas,
Et Tristan, à genoux, la soutient dans ses bras.
Mais, du haut des créneaux d'où son regard domine,
Le vieillard les découvre; il voit, il voit Hermine
Au moment où, tombant sous l'excès du malheur,
Le page, avec respect, la reçoit sur son cœur.
Tristan! sa fille! ensemble! en ces lieux! à cette heure!...
« — J'en ai trop vu, dit-il; ah! que le traître meure!
« Dût se mêler au sien mon sang déshonoré! »
Il s'écrie, et, d'un bras de fureur égaré,
Arrachant l'arbalète aux mains de l'homme d'arme,
Sur le bord du rempart, il la supporte, il l'arme,
Et, trop lent à son gré, mais plus prompt que l'éclair,
Le trait qu'il a lancé, siffle, vole et fend l'air.

Mais, ô fureur aveugle! ô trop malheureux père!
Le trait mal assuré qu'a lancé la colère
Le venge et le punit dans le même moment;
Il frappe d'un seul coup et l'amante et l'amant,
Et, traversant l'épaule où s'appuyait Hermine,
Sur le corps de Tristan lui perce la poitrine,
Réunissant ainsi dans les nœuds de la mort
Ces deux enfants en vain séparés par le sort!
Percé du même dard dont le fer les rassemble,
Le couple infortuné chancelle et roule ensemble,
Et, du haut de la tour dont ils touchent les bords,
Sur l'abime profond tombant comme un seul corps,
Le lac qui les reçoit ouvre sa vague obscure,
Et le flot les recouvre avec un sourd murmure.
Tels pendant qu'au printemps un couple de ramiers
Soupire ses amours sur les hauts peupliers,
Le perfide oiseleur, qui voit battre leurs ailes,
Perce d'un même trait les deux oiseaux fidèles,
Les gouttes de leur sang teignent leurs flancs ternis,
Leurs cols entrelacés se penchent réunis,
Et, comme un doux faisceau qu'un trait mortel enchaine,
La même flèche encor les unit sur l'arène.

FIN DE HISTOIRE ET POÉSIE.

Paris. — Imprimerie Walder, rue Bonaparte, 44.

www.ingramcontent.com/pod-product-compliance
Ingram Content Group UK Ltd.
Pitfield, Milton Keynes, MK11 3LW, UK
UKHW020518230726
13925UKWH00005B/2187

9 782014 442960